CW00740349

99 MOTS
ET EXPRESSIONS
À FOUTRE
À LA POUBELLE

Jean-Loup Chiflet

99 MOTS ET EXPRESSIONS À FOUTRE À LA POUBELLE

Dessins de Pascal Le Brun

INÉDIT

Points

Artiste associée
Anne Camberlin

ISBN 978-2-7578-1544-1

LE GOÛT DES MOTS

UNE COLLECTION DIRIGÉE PAR PHILIPPE DELERM

Les mots nous intimident. Ils sont là, mais semblent dépasser nos pensées, nos émotions, nos sensations. Souvent, nous disons : « Je ne trouve pas les mots. » Pourtant, les mots ne seraient rien sans nous. Ils sont déçus de rencontrer notre respect, quand ils voudraient notre amitié. Pour les apprivoiser, il faut les soupeser, les regarder, apprendre leurs histoires, et puis jouer avec eux, sourire avec eux. Les approcher pour mieux les savourer, les saluer, et toujours un peu en retrait se dire je l'ai sur le bout de la langue – le goût du mot qui ne me manque déjà plus.

Ph. D.

À Bernard Pivot
sans qui ce livre n'aurait jamais vu le jour…

À plus !

Même sur un texto, A+ ne fait pas référence à votre groupe sanguin, mais à une réduction coupable de la locution *à plus tard* qui sous-entend *a priori* que les concernés ont l'intention de se revoir ; c'est un synonyme d'*au revoir, à bientôt, à la prochaine fois*. D'autres assassins de la langue préfèrent la variante *à toute*, qui malheureusement, vous l'avez compris, remplace *à tout à l'heure*.

Ce À *plus* correspond bien à notre époque, où l'homme est devenu « un homme pressé » suivant le portrait visionnaire de Paul Morand ; si pressé qu'il écourte tout, vivant à l'heure de l'apocope qui mutile les adolescents pour en faire des ados à vélo ou à moto qui vont au ciné porno même s'ils sont cathos. Grâce aux portables, on prend les rendez-vous de façon de plus en plus informelle. Avec À *plus*, vous n'êtes jamais sûr ni de réentendre ni de revoir votre partenaire, ni surtout, de savoir quand. Dans un mois… dans un an ?

Maigre consolation, cette formule en remplace une autre peu élégante et dont même Bernard Pivot ne voudrait plus : À *la revoyure !*

À très vite

Qui se souvient encore de cette époque révolue où se dire *Au revoir*... impliquait naturellement l'envie de se retrouver, littéralement : *Au plaisir de se revoir*. Et c'est bien ce que Valéry Giscard d'Estaing voulait nous signifier avec son pathétique *Au revoir !* en mai 1981 ! Hélas, l'Histoire cruelle en a décidé autrement. Depuis Giscard, tout s'est accéléré. On vit au jour le jour et le temps nous est de plus en plus compté. D'ailleurs, quelle nécessité de se revoir à l'époque des portables et des courriels ? Non, c'est maintenant que tout se joue. On accélère et on ne mollit plus, il n'y a plus une minute à perdre. Désormais on se contente de rendez-vous sur la comète. À *plus* ou À *très vite*, au fil d'une échelle chronologique qui n'en finit pas de perdre ses barreaux. Vous verrez qu'un jour, à force de confondre vitesse et précipitation, on ira plus vite que le temps et on se dira, qui sait : À *hier*, ou même : À *avant-hier*. De toute façon, ces formules toutes faites n'ont qu'un but : se débarrasser d'un interlocuteur. Ce n'est pas moi qui le dis, c'est Henry de Montherlant : « Que dire à quelqu'un que l'on n'a nulle envie de revoir sinon : "À bientôt" ? »

Aller dans le mur

Finalement, je me demande si je ne vais pas renoncer au scooter... Car, par les temps qui courent, tout nous emmène dans le mur. On *va dans le mur* avec la politique de l'emploi, de l'environnement, des transports, de l'Éducation nationale, et j'en passe. Certains en rajoutent, avec *droit dans le mur*, peut-être à l'intention de ceux qui souhaitent prendre le chemin des écoliers, ou de ceux qui zigzaguent pour cause de taux d'alcoolémie excessif. Comme si nous vivions désormais cernés par un gigantesque mur qui nous entoure tous azimuts, édifié par des maçons pas très francs de la truelle. Inadmissible ! En plus, on va *dans* le mur... Essayez d'aller concrètement *dans* un mur. À moins d'une chute malencontreuse dans la cuve d'une bétonnière, ce n'est guère évident ! Le pire, c'est qu'à en croire certains, même les Allemands *vont dans le mur*. Pourtant, je pensais qu'à Berlin, ce problème de voisinage était réglé depuis 1989. Mais, pour les adeptes du « politiquement correct », mieux vaut sans doute dire qu'on *va dans le mur* plutôt que d'avouer qu'on est dans autre chose, si vous voyez ce que je veux dire. Quitte à se taper la tête contre les murs !

Au jour d'aujourd'hui

Le pléonasme, puisqu'il s'agit de lui, est *a priori* un terme qui ajoute une répétition à ce qui vient d'être dit. Exemples : « reculer en arrière », « pondre un œuf », « prévoir d'avance », « sortir dehors » ou mieux : « avoir un futur projet » avec un « proviseur de lycée », père de « deux jumeaux » et fan de « samba brésilienne » ! Il y a des pléonasmes légitimes et d'autres qui sont à mon avis totalement inutiles comme *aujourd'hui*, qui en est déjà un, paraît-il autorisé. Mais par qui ? Formé de « au jour » et de « hui », du latin *hodie* (ce jour), il signifie donc « au jour de ce jour ». *Au jour d'aujourd'hui* est donc un double pléonasme, sans doute inventé par un bègue, et les moutons de Panurge, dont j'ai les noms, trouvant qu'il était « classe », l'ont repris en chœur. C'est un peu comme si on disait « à demain demaind'main » ou « hier hierd'hier ». Mais il y a pire et l'on entend souvent *à l'heure d'aujourd'hui*. J'oppose donc mon veto à ce massacre de la langue française qui, par « étapes successives », nous mène à la catastrophe. Reste à savoir si ce « dernier baroud d'honneur » servira à quelque chose.

Au niveau de

S'il y a une expression imagée qui a véritablement raté son glissement de sens, c'est bien celle-ci. Je dirais même plus, elle se situe au *niveau zéro* du sens figuré, car elle n'a absolument plus rien à voir avec son sens originel. Tout le monde connaît l'outil indispensable du maçon ou du charpentier, le niveau, qui sert à « donner l'horizontale » lorsque la bulle est coincée. Tout est dit : *niveau zéro*, *horizontale* et *coincer la bulle* résument bien l'utilisation abracadabrantesque de *au niveau de* qui s'emploie indifféremment pour remplacer *à propos de*, *au chapitre de*, *au plan de*, *du point de vue de*, *dans le domaine de*, *en ce qui concerne*, *en matière de*, *pour ce qui est de*, etc. Un exemple de plus, ma bonne dame ou mon bon monsieur, de l'état de notre pauvre langue, résultat d'une paresse intellectuelle grandissante. Je vous ai épargné *au niveau du vécu* pour une raison simple : je ne sais pas ce que cela veut dire. Il faudrait peut-être que je me remette *au niveau*.

Bisou

Non mais ! Est-ce que vous pensez sérieusement que j'ai une tête à aimer les *bisous* ? Un vrai *bisou* peut être acceptable si la chargée de mission est jolie, et s'il fait partie d'un des trois types distingués par le *Kâma Sûtra* : l'« inaugural », le « frémissant » et le « léché », ou, dans notre langage plus contemporain, la pelle, la galoche et le patin qui demandent une bonne technique de respiration par le nez et du « tourné de langue ». Mais il est insupportable à recevoir par écrit. *Bisou* sévit beaucoup à la fin des textos (ou des texti, allez savoir !). Certains l'écrivent dans la lignée des choux, hiboux, joujoux, cailloux, genoux et poux avec un *x*, d'autres avec un *s*, d'autres, radins ou pressés, au singulier. Pour ma part, j'ai un faible pour le « tendres baisers » ou le « je t'embrasse » qui sont déjà gages d'affection. *Bisou*, lui, ne mange pas de pain et n'engage à rien. Avec lui, on ne sait pas si nos affaires avancent. Il est aussi érotique que « allez ! on se fait la bise » ou « gros bécots ». Bref, c'est un mot qui, au même titre que « poutou », ne doit être mis que dans la bouche et sur les joues des enfants… Allez, *bisous* !

Black

On ne m'ôtera pas de l'idée que ceux qui disent *black* ont en fait assez peur du... noir. C'est une évidence. Pourtant, Johnny n'a jamais cessé de le proclamer : « Noir c'est noir... » et j'ai de plus en plus de mal à y voir clair, à tel point que je ne sais plus ce que j'ai récemment lu dans un journal féminin : était-ce que « la mode *black* était présentée par des mannequins noires » ou le contraire ? Ce que je sais, par contre, c'est que la plupart des Noirs n'aiment pas qu'on les appelle les *blacks* et je les comprends. Ils ont déjà eu assez de mal à se libérer de la « négritude » et de ses relents de colonialisme raciste véhiculés par le « missié » du Congo d'Hergé et autres Banania, pour se retrouver à nouveau confrontés à une métaphore qui n'a aucune raison d'être, si ce n'est de ne pas les accepter tels qu'ils sont. Heureusement, quand il s'agit du nom de famille, « Noir » résiste bien, même si c'est celui d'un maire de Lyon jadis un peu chahuté. En fait, je n'aimerais pas du tout qu'on me traite de *white*, quoique mon esprit décapant pourrait justifier qu'on m'associe au *white-spirit*. L'humour *black* n'est pas trop mon truc, mais j'adore le chocolat... *black*, le radis... *black*, le raisin... *black* et j'exècre évidemment la marée... *black*, les trous... *black* et les jeudis... *black*.

Sur ce, je vais aller boire un petit *black* sur le zinc avec un sucre *white*, de préférence.

Bon courage !

Jules Renard disait : « Comme nous ne sommes pas sûrs de notre courage, nous ne voulons pas avoir l'air de douter du courage d'autrui. » Belle formule qui pourrait expliquer entre autres cette nouvelle manie consistant à dire *Bon courage !* au lieu de s'en tenir aux classiques *Au revoir et merci !* ou *À bientôt !* Il est vrai qu'il en faut, du courage, en ces temps de crise où le cours du Madoff est équivalent à celui d'un gramme de *peanuts* et où un dixième de la moitié du tiers de la Terre vue du ciel se confond avec la décharge municipale de Bormes-les-Orties. Reste qu'à mon sens ce *bon courage* sous-entend aussi « bon courage à vous », serveurs, vendeuses, gardiens de musée et autres proctologues, car il va vous en falloir pour supporter toute la journée les affres d'un tel boulot. Enfin, mention spéciale pour le *bon courage* version faux cul que la mère BCBG du 16e arrondissement à Paris susurre avec compassion à la caissière d'Inno-Passy qui ne rejoindra pas son 9-3 avant 23 heures. Comme disait Coluche : « Ce n'est pas de courage dont nous avons besoin, c'est de pognon. »

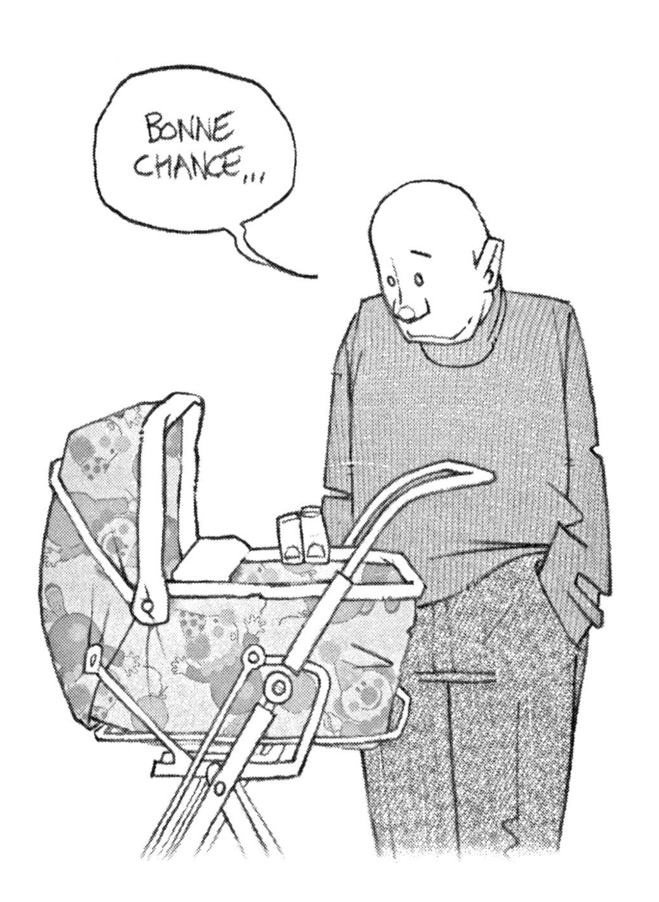
BONNE CHANCE...

Bonjour l'ambiance !

À l'époque où le *bonjour* tonitruant d'Yves Mourousi réveillait des millions de téléspectateurs qui amorçaient leur sieste, Françoise Sagan publiait *Bonjour tristesse*. Depuis, ces *bonjour* ont fait des petits, pour en arriver aux dérapages qu'on connaît et qui me donnent envie de dire : *Bonjour l'aberration !* En principe, on dit *bonjour* pour saluer quelqu'un. C'est simple comme bonjour, mais il a suffi de trois verres d'alcool salués par le célèbre *Bonjour les dégâts !* pour que les situations pénibles se voient célébrées par un *bonjour* qui vaut son vent de panique. Perte de portable, de portefeuille, collision en chaîne, orage violent, scène de ménage, arrivée inopinée d'une belle-mère : *Bonjour l'angoisse !* Pour d'autres, c'est plutôt : *Bonjour l'ambiance !* Ça en dit long sur le malaise ressenti, mais pas assez pour qu'on sache vraiment de quelle ambiance il s'agit. Ce *bonjour* qui ne dit bonjour à personne permet aux paresseux d'éviter de chercher le mot juste avec un salut qui n'en est pas un face à un interlocuteur qui a du mal à suivre. Bonjour l'incompréhension !

SALUT TRISTESSE !
BONJOUR L'AMBIANCE

Bonne continuation !

Après avoir sans ménagement déposé sur la table du restaurant du coin de la rue l'œuf mayo, premier volet de la « Formule à 12,50 », le serveur va revenir à la charge avec la suite, un ragoûtant ragoût de bœuf-coquillettes, en vous lançant un retentissant : *Bonne continuation !* Vous vous posez alors la question : ce garçon a-t-il une dose d'humour au-delà du raisonnable ou est-ce un ancien gardien de prison reconverti dans la restauration, nostalgique de ses activités qui consistaient à humilier en permanence les clients, pardon, les prisonniers, pour tester leur état nerveux et psychique ? Dans les deux cas, le message est clair : « On va bien voir si vous tiendrez jusqu'au dessert. » Et voilà que cette boutade vulgaire, faite d'un français encore une fois mal recyclé, n'est plus réservée aux métiers de bouche. Ce *bonne continuation* s'immisce partout, même au téléphone, joyeusement scandé par des interlocuteurs inconnus alors que vous êtes comme à votre habitude en train de battre votre femme, de rater un soufflé, ou de vous disputer avec le chat. Mais que fait la SPA ?

Bonne fin de journée !

Il est 7 heures, Paris s'éveille, et nous aussi. Il est temps de vous souhaiter « une *bonne fin* de bonne nuit ». 8 heures ! C'est le moment du « *bonne fin* de petit-déjeuner » et à 10 h 30, on enchaîne avec « *bonne fin* de début de matinée ». Midi, c'est l'heure de l'apéro et du « *bonne fin* de matinée ». Il y en a même qui osent déjà le « *bonne fin* de journée » ! Ils exagèrent. Ils ont sauté la pause-déjeuner au moment où vous quittez votre cantine favorite accompagné comme chaque jour par le tonitruant « *bonne fin* de début d'après-midi ! » lancé par la charmante serveuse, à qui vous balancerez en retour, surtout si on est vendredi : « Bon début de week-end » (version *soft*) ou « Bonne continuation de début de fin de semaine ! » (version sophistiquée). Curieusement, il semble que la fin de semaine précède le week-end, et comme celui-ci dure deux jours, on peut toujours se souhaiter « *bonne fin* de début de moitié de week-end » ou encore enchaîner avec « bon début de deuxième moitié de fin de semaine ». C'est au choix, mais je vous rassure, tout a une fin. Allez, *bonne fin* de lecture !

Brut de fonderie

Voilà une expression qui, du côté de Thionville ou de Longwy, doit faire grincer quelques dents, car ceux qui l'utilisent n'ont sans doute pas la moindre idée de ce qu'est une fonderie. Normal : en France, elles n'intéressent plus guère que les archéologues tendance industrielle. De sorte que, si on me propose un projet *brut de fonderie*, j'ai de quoi me faire quelque souci quant à son actualité. Mais ce *brut de fonderie* commande quand même le respect – j'imagine le fondeur au torse puissant, nimbé de sueur, le tout revu façon affiche de l'URSS des années 50, dont le clair-obscur façon de Wendel rend assez artistiques les muscles noueux arrachant aux entrailles de l'enfer, et dans un vacarme d'apocalypse, la pièce brute à peine refroidie ! Arrêtons de rêver. Ainsi, quand vous déposez sur le bureau de votre supérieur la note de synthèse qu'il vous avait demandée pour avant-hier, le « Attention, chef ! C'est du *brut de fonderie* ! » aidera à dorer la pilule de ce qui n'est, en fait, qu'un vague torchon ni fait ni à faire…

Dans le même ordre d'idées, il y a le tout aussi prolétarien *brut de décoffrage*. Après la sidérurgie, le BTP. Secteur qui ne va pas très fort non plus. Alors, pour sortir de ces sites industriels menacés, je propose de jouer la valeur refuge. À quand le *brut de silex taillé* ?

BRUTE DE DÉCOFFRAGE

Booster

À l'origine, un *booster*, c'est un « propulseur externe auxiliaire destiné à accentuer la poussée des engins spatiaux ». Merci *Le Robert*. Ce *booster*, omniprésent chez nous dans les médias audiovisuels dans le sens de « gonfler »… me gonfle. Il a eu trois enfants aussi vilains que lui (les chiens ne font pas des chats) : *boost*, *boosting* et *boostage*. On *booste* à tout va : le marché immobilier a été *boosté*, on *booste* l'économie, on *booste* un produit et de temps en temps on s'offre un petit *boost*, cocaïne, lifting ou barre chocolatée pour les plus timides. Que nos illettrés, nos fatigués des neurones et nos allergiques aux dictionnaires trouvent ici une liste non exhaustive des synonymes de *booster* : accroître, accentuer, augmenter, animer, amplifier, agrandir, doper, donner du tonus, donner un coup de fouet, donner un coup de pouce, donner de l'élan, développer, dynamiser, encourager, étendre, faire fructifier, fortifier, etc. Et s'ils tiennent à vraiment *booster*, je leur conseille d'aller directement à Cap Canaveral, parce qu'il arrive un moment où il faut arrêter de *booster* grand-mère dans les orties.

Buzz

J'ai l'impression d'être en proie aux acouphènes, ces bruits mystérieux autant que parasites qui finissent par rendre la vie insupportable. Car la bonne vieille rumeur s'est faite *buzz*, et le *buzz* est venu habiter parmi nous. Modernité oblige, c'est de la Toile (il ne s'agit pas en l'occurrence d'un Picasso, mais du Web) qu'est né le *buzz*. En somme, le brouhaha du village planétaire (cette ultime utopie techno-occidentale dont on nous rebat justement les oreilles depuis déjà quelques décennies) en version électronique. Je suppose que c'est ce qui plaît dans ce *buzz* : son côté diffus, presque irréel, juste un doux bourdonnement de discrètes mais industrieuses abeilles, citoyennes du rucher planétaire... Depuis, il envahit tout. *Buzz* autour d'un prochain remaniement ministériel, du dernier *sex toy* à la mode, de cet ouvrage que vous avez entre les mains (enfin, j'espère)... En d'autres temps, on aurait appelé cela le téléphone arabe – mais il est vrai que, depuis les attentats du 11 septembre... Dans le même temps, les conseillers en communication toute surface proclament qu'il faut créer le *buzz*, puis l'entretenir. D'ici qu'on les voie évoluer en tenue d'apiculteur ! En attendant, *buzz* toujours, tu m'intéresses !

C'est clair !

C'est la championne des marottes verbales, en tête de liste des tics phonétiques. Je lui vois deux provenances : soit une importation par des touristes *made in Spain* de *claro* ; soit une expression dérivée de « clair comme de l'eau de roche » (c'est-à-dire l'eau de source), qui suppose qu'un acte ou une parole sont transparents, que leur signification est évidente. Tout cela mériterait d'être sérieusement tiré au clair.

Alors comment expliquer le succès tenace de cette expression qui touche toutes les couches de la société ? Comme disait La Fontaine : « Ils n'en mouraient pas tous mais tous étaient frappés. » Pour les linguistes, il ne fait aucun doute que l'emploi obsessionnel de la locution *c'est clair* est un parti pris « antiphrastique » : il faut entendre le contraire de ce qui est énoncé. Notre société angoissée réagirait à notre époque de magouilles politiques et économiques, où justement rien n'est clair, à un avenir hypothétique, en débitant collectivement des sortes de petits mantras rassurants. Rivarol disait que ce qui n'est pas clair n'est pas français… Ce qui n'est pas clair est devenu surtout français. *C'est clair !*

QUEL CRACK CE BLACK !
C'EST CLAIR

C'est classe

Ou mieux ou plutôt pire : *total classe !* N'empêche que, l'air de rien, ces deux mots sont une insulte aux puristes de la langue ; on part d'un substantif (une classe), qu'on traite comme un adjectif *(c'est classe)* avec en fait une arrière-pensée pour la lutte des classes ! De quoi en perdre son latin mais surtout la tête, et c'était vraiment pas la peine d'en couper huit cent mille pendant la Révolution française pour oser se réclamer au XXIe siècle de la « classe ». À cette époque, la classe, c'était justement Marie-Antoinette marchant sur les pieds du bourreau et disant : « Excusez-moi, monsieur, je ne l'ai pas fait exprès. » De nos jours, la classe, c'est le gilet fluo... mais dessiné par Karl Lagerfeld. Serions-nous en train de rétrograder vers la monarchie ? Car ce *c'est classe* a remplacé le *ça fait plouc* qui, lui, disait bien ce qu'il voulait dire ! À Neuilly, il paraît qu'on entend encore de temps en temps, le dimanche, *c'est chic*, mais il faut tendre l'oreille, car les gens très âgés n'ont pas la voix qui porte loin.

C'est juste (quelque chose...)

« La notion de quelque chose de juste me semble si naturelle, si universellement acquise par tous les hommes, qu'elle est indépendante de toute loi, de tout pacte, de toute religion. » Pauvre Voltaire ! S'il savait ! On emploie *juste* à tort et à travers. C'*est juste* ridicule, car s'il est adverbe, il n'évoque pas grand-chose, et si c'est un prénom, on pense à saint Juste de Beauvais, martyr de l'époque gallo-romaine qui fut *juste* décapité. Rubens a tiré son portrait : *Le Martyre de saint Juste*. Juste vient de perdre la tête. Il la tient dans ses mains. On dirait même qu'elle parle encore. C'est *juste* gore. Pour les djeuns, le lycée, c'est *juste* chiant. Alors, quand le prof est malade, c'est *juste* cool. Ils kiffent la *Nouvelle Star*, c'est *juste* génial. Nous on trouve *juste* dommage qu'ils parlent comme ça. Un tel laisser-aller, c'est *juste* pas possible ! Cet adverbe qui signifie « tout simplement » est *juste* une copie du *just* anglais très (trop ?) utilisé outre-Manche. En France, quand il est associé à « trop », c'est *juste* trop nul. Un jour, tout ça deviendra *juste* trop hyper *grave*...

C'est mythique

Laïcisation oblige, les mythes, jadis apanage des habitants de l'Olympe, descendent parmi nous. Je serais tenté d'y voir une certaine logique : à force de tomber sur la tête, les dieux devaient bien en arriver là, un jour ou l'autre. Désormais, place au *mythique* enfin accessible aux pauvres mortels qui n'en peuvent plus de mythifier leur quotidien : film *mythique*, livre *mythique*, concert *mythique*, mais ce n'est qu'un début. Il y en a maintenant pour tous les goûts, même les plus humbles : match de ping-pong, photo, guitare, pizza, discours, tee-shirt, voiture, saucisson, disque collector... tout y passe. Et pourtant... Au sens premier, *mythique* désignait ce qui est légendaire, irréel, avant que nous aussi, les humains, nous ne tombions sur la tête. Bref ! Je tique, et là-dessus je vous laisse, car j'ai rendez-vous sur Meetic. J'ai un plan d'enfer avec une certaine Aphrodite (je suppose que c'est son pseudo). Je n'ose pas imaginer la suite, sans doute *mythique de chez* Meetic.

Ça m'interpelle

Il fut un temps où *ça attirait mon attention*, *ça me posait problème*, ou *je me posais des questions*. Désormais, je dois me résoudre à dire *ça m'interpelle*. Je proteste avec la plus ferme énergie. Je suis un honnête citoyen, au casier judiciaire vierge, et qui paie scrupuleusement ses impôts. Dans ces conditions, je ne comprends pas les raisons de cette interpellation et je réclame un avocat !

Mais rien à faire. Preuve de l'incontestable dérive sécuritaire qui sévit depuis plusieurs années, le mal empire, et les interpellations se multiplient, dans tous les domaines. Comme si ce *ça*, telle une hydre monstrueuse devant laquelle Hercule lui-même reculerait, ne cessait de proliférer : la hausse des fruits et légumes, le SDF qui fait la manche, le réchauffement climatique, l'agriculture biologique, mon taux de cholestérol… Eh oui, tout ça devrait *m'interpeller*. Dans le même temps, les syndicats *interpellent* le patronat (et réciproquement) ; les enseignants, le ministère de l'Éducation ; les manifestants, les pouvoirs publics. Bref, dans les débats médiatiques, il y a toujours quelqu'un que quelque chose *interpelle*. Après tout, à l'Assemblée nationale, on *interpelle* bien un député. Le problème, c'est que je ne suis pas député…

Ça me gave !

J'ajouterais volontiers : C'est le cas de le dire. *Ça me gave* a remplacé « Ça me soûle », conséquence du nouveau taux d'alcoolémie limité à 0,5 gramme par litre de sang ? On est donc passé du liquide au solide. Pas de quoi arroser ça pour autant, car *ça me gave* est à mon sens l'une des expressions à jeter, je dirais même la plus vulgaire du Lot... et-Garonne, ce charmant département involontairement à l'origine de ce jeu de maux. Je veux parler de ces pauvres oies, un entonnoir dans le bec, qui n'en peuvent plus d'être gavées de maïs ! Aurai-je néanmoins la franchise d'avouer que, amateur de foie gras, je suis même prêt à soutenir Brigitte Bardot et le prince Charles dans leur noble combat, en vue de bouter le gavage hors de la planète ; mais à la condition qu'ils boutent aussi l'expression cauchemardesque qui l'accompagne ? Certaines oies, et j'ai les noms, nous ont confié qu'elles en avaient d'ailleurs « ras le bol », on les comprend, et que tout cela les « gonflait ».

Ça va comme vous voulez ?

Déjà, le basique « ça va », ça ne me va pas trop. Le type même de question pour la forme, de fausse attention, à laquelle votre interlocuteur souhaite par-dessus tout que vous ne répondiez pas par la négative, sinon il se croira obligé de vous demander pourquoi « ça ne va pas », pourquoi « bof », pourquoi « couci-couça », et dans le pire des cas, ça peut se terminer au zinc d'un bar, sur le coup de minuit, à subir les confidences éthyliques, quoique existentielles, d'un ami fraîchement largué par son ex. Tant il est vrai que la courtoisie, c'est aussi l'art de faire mine de s'intéresser à des gens qui, en réalité, vous indiffèrent totalement. Mais voilà qu'on se croit obligé d'en rajouter une couche, avec ce *comme vous voulez*. Le registre faussement compassionnel de notre belle époque a encore frappé. De l'hypocrisie pure et simple, voire de la provocation. On espère encore que ce *comme vous voulez* ne se transformera pas de votre part en un *comme je voudrais*, surtout s'il s'agit de votre pire ennemi.

Causer

« Elle boit pas, elle fume pas, elle drague pas, mais… elle *cause.* » Eh oui, elle *cause* encore et pas une loi Evin à l'horizon pour interdire ce mot laid et vulgaire. Ce n'est pas moi qui le dis, c'est le vénérable *Robert* : « un usage populaire qui connote le manque d'éducation ». Et toc ! Voilà un dictionnaire qui lui au moins *cause* bien ! Non mais ! Le Français *cause* de plus en plus, mais parle de moins en moins. Rousseau lui-même avait déjà dénoncé le fait d'utiliser ce verbe mal à propos dans *Les Confessions* : « On ne *cause* pas à quelqu'un, on *cause* avec quelqu'un. »

Depuis, M. Grevisse, qui est à la langue française ce que Fauchon est à la langue de bœuf, écrivait : « J'avoue que "l'on vous *cause*", lequel remonte à Corneille, n'est point ce qui heurte le plus dans la déchéance du langage, si on admet "parler avec" sur le même plan que "parler à". » Ce mot est donc la… cause de bien des débats. En fait, ce qui me gêne avant tout, c'est qu'on l'emploie à tort et à la place de parler ; or, *causer* c'est plutôt bavarder, jacasser, papoter, cancaner, etc. D'ailleurs, quand un chef d'État s'exprime, il parle, il ne *cause* pas. Et moi ? Si je *cause* toujours, est-ce que je vous intéresse ?

C'est ni fait ni à faire

Si on pense que ce que vous avez fait est *ni fait ni à faire*, vous êtes en mauvaise posture, car ce verdict-couperet ne connaît pas la nuance. Un constat manichéen d'après lequel non seulement vous n'avez rien fait d'intéressant, mais en prime vous êtes jugé incapable de vous améliorer. Et vlan ! Vous êtes privé non pas de dessert, mais de joker. Situation absurde ! En principe, « ce qui est fait n'est plus à faire », c'est bien connu. Terminé, n'en parlons plus. C'est fait, certes, mais si mal que cela fait, cela revient à « pas du tout ». Ça devrait être à refaire, mais comment refaire ce qui en fait n'a pas été fait ? Alors, à défaut de refaire, on fait, mais comme ça a été fait, malgré tout, on ne peut pas faire ce qui a déjà été fait, même mal. *« To make or not to make », that is the question*. Celui qui a fait son travail comme un pied ne s'entendra jamais dire : « Ça fait rien, t'en fais pas. » Déjà, à l'école, on disait de lui : « Peut mieux faire. » Vous avez suivi ? Non ? Je vous comprends, mais soyez indulgent. De toute façon, il n'y a plus rien à faire.

Challenge

Notre monde serait-il devenu un gigantesque ring de boxe ? Comme si le « défi » ne suffisait pas, voilà le *challenge*... pour convaincre un partenaire commercial d'accepter votre projet, ou produire une voiture pas trop chère, qui ne pollue pas trop, grâce à une main-d'œuvre payée bon marché ; c'est aussi reconquérir votre ex, conclure avec une future-ex, les deux n'étant pas forcément incompatibles, ou faire le tour du Bois de Boulogne cinq fois de suite en courant... À ce train-là, changer l'ampoule de votre salle de bains ou mettre en marche votre machine à café constituera un véritable *challenge*. En d'autres temps, les chevaliers s'assemblaient autour d'une table, éventuellement ronde, pour palabrer sur des défis à relever. De nos jours, nos modernes chevaliers de l'industrie ou de la finance débattent de *challenges*. Certes, le glaive s'est fait *power point* et confère à certaines choses le label sportif tant adulé par notre société – même si on préfère nettement regarder le sport, plutôt que le pratiquer, sans pour autant oublier d'encaisser les dividendes au passage. Un défi, ça se relève ; un *challenge*, c'est beaucoup plus difficile, voire impossible lorsque l'arbitre a décrété sur le ring que vous étiez définitivement K.-O.

Clivage

Le *clivage* étant, à l'origine, une fracture affectant certains minéraux suivant des directions planes, j'en conclus que nous sommes entrés dans une ère tectonique. *Clivage* gauche-droite, Royal-Aubry, Nord-Sud, classe politique et citoyens, pro et anti-caisses automatiques dans les supermarchés... Au secours ! Ça craque, ça se fissure de partout. Notre société en finit par ressembler à un skieur miraculeusement rescapé d'une avalanche, mais dont le corps n'est plus qu'un champ de fractures. *Clivage*, ça vous a quelque chose d'infiniment sérieux, de quasi scientifique, même si, lors des débats où chacun y va de son *clivage*, je note l'absence d'un géologue (mais je suppose qu'ils ont beaucoup mieux à faire). Nous voilà forcés de vivre dans un monde où de gigantesques amas rocheux se télescopent, voire se « laminent » (un terme très en vogue de nos jours, surtout en politique où l'on constate que certains partis politiques se retrouvent laminés après une élection douloureuse) dans un vacarme d'apocalypse. Si, après ça, les gens n'ont pas compris... Comme quoi, entre la dérive sémantique et la dérive des continents, il n'y a qu'un pas ou plutôt, qu'un gouffre.

Citoyen

« Vous avez aimé 1789, vous allez adorer 2009... » Aux armes... *citoyens* ! Plus que jamais la citoyenneté s'affiche. Pensez donc : entre acte *citoyen*, geste *citoyen*, réflexe *citoyen* et autre attitude *citoyenne*, tous les actes de nos vies, même les plus humbles, sont désormais marqués du sceau de la citoyenneté. Quand je dépose mes ordures dans le local conçu à cet effet en respectant le tri sélectif, je fais un geste *citoyen* ; même chose, même lieu pour ma voisine quand elle veille à y déposer les couches de son petit dernier, comme quoi les sans-culottes n'ont pas dit leur dernier mot ! Plus tard, à la veillée, il me plaira d'assister à un débat *citoyen* dont les participants ne manqueront pas de s'engueuler dans la plus pure tradition de la Constituante. Je me ferai fort aussi, croisant un quidam dont le chien conchie sans vergogne la chaussée, de les taxer, lui et son kiki, de flagrant délit d'anticitoyenneté avec la tentation d'ajouter : « À une certaine époque, monsieur, on coupait les têtes pour moins que cela ! » Quant à savoir pourquoi, à l'heure de la citoyenneté tous azimuts, les *citoyens* délaissent les urnes, on dirait qu'il y a comme un défaut dans cette mécanique *citoyenne* apparemment bien huilée.

ENSEMBLE POUR
UN DÉBAT CITOYEN

Connoter

« Tout nom dénote des sujets et *connote* les qualités appartenant à ces sujets », précisait le philosophe Edmond Goblot (1858-1935). Ainsi, le mot « tigre », par exemple, *connote* la puissance. Mais désormais, tout est *connoté*. Adepte du tri sélectif ? Vous voilà *connoté* écolo. Jeune du 9-3 ? La connotation « racaille » pointe le bout de sa cagoule. Vous roulez à vélo et arborez un catogan un rien grisonnant ? Ça vous *connote* le bobo. Cuissardes, minijupe en cuir, débardeur motif léopard et perfecto ? Gare à la connotation sado-maso ! Assis en tailleur devant une bouche de métro, arborant un morceau de carton « Pour mangé, s'il vou plai » ? Diantre… ça *connote* le SDF, hein, chef ? Et gare à ce que vous dites, de peur que vos propos ne soient *connotés* antisémites, néolibéraux, fachos, racistes, altermondialistes, végétariens… En somme, le moindre détail suffit pour que vous soyez *connoté* – donc répertorié, catalogué… Avec l'indéniable avantage que présente le mot d'être plus hypocrite (plus *soft*, diront certains), avec son vrai-faux air savant. Et moi je me dis qu'il serait grand temps de *déconnoter*…

Consensus

Ce serait bien trop facile de se contenter du traditionnel « accord » sans doute trop intelligible et explicite pour notre époque, qui se gausse de termes de plus en plus complexes surtout quand ils ont, excusez du peu, une belle connotation latine. L'« accord » est mort, vive le *consensus* ! Peut-être, mais je ne suis pas d'accord avec ce détournement d'« accord ». Un *consensus*, c'est un compromis qui suggère l'apport de multiples opinions différentes, jusqu'à ce qu'une solution puisse satisfaire le plus grand nombre de personnes concernées. Un « accord », c'est ferme et définitif ; un *consensus*, c'est un juste milieu. Le problème, c'est que le *consensus* s'use lorsqu'on s'en sert à toutes les sauces. On passe un *consensus* avec sa femme pour le choix du programme TV ou son banquier pour un découvert. Et s'il n'est pas d'accord, c'est un dissensus (si, si, ça existe…). Ah ! j'oubliais ! Un *consensus* est soit « mou », soit « large », et comme votre imagination, cher lecteur, est toujours « débordante », je vous laisse à vos fantasmes.

Culte

Le pire vient de sortir. Ai-je bien lu quelque part, pour inciter les paroissiens à plus de largesses : « Le denier c'est *culte* » ? Comment en est-on arrivé là ? On voit du *culte* partout. Les films ? *cultes*. Les séries ? *cultes*. Les livres ? *cultes*. Les voitures ? *cultes*. Les couturiers ? *cultes*. Les lieux (qui n'ont rien à voir avec Lourdes) ? *cultes*. Même les logiciels sont *cultes*. Le *culte* de ce qui est *culte*, en somme. C'était couru d'avance avec toutes ces affaires culturelles. Vous verrez qu'on finira par débaptiser notre ministre de la Culture pour en faire un ministre du *Culte* à condition que le Vatican autorise enfin aux femmes l'accès à la prêtrise au cas où le ministre serait… une femme. On ne sait plus d'ailleurs ce que ce mot sous-entend, le culturel ou le cultuel, tant ces incitations au *culte* nous font penser à l'adoration du Veau d'or par les « hérétiques ». À moins que ce ne soit la consécration d'une époque qui voit du *culte* partout, ou une réponse au manque cruel de spiritualité dont souffre notre siècle (diraient certains penseurs). Il n'empêche que je serais tenté de donner le mot de la fin à notre Zazie nationale : « *Culte* ? Mon *culte*, ouais ! »

Dangerosité

S'il est un néologisme qui me chiffonne, c'est bien celui-ci, car derrière *dangerosité* se cache une vraie menace. George Orwell, ce génial visionnaire, écrivait déjà dans *1984*, que « l'introduction de mots nouveaux ou la suppression de mots anciens dans le langage sont un puissant moyen de manipulation des esprits ». Message reçu en 2009 par ceux qui pensent que nous ne sommes pas assez terrorisés par le nucléaire, la vache folle, la fièvre porcine, les pesticides, la banquise qui fond comme les comptes en banque, et qui soulignent la *dangerosité* de ces périls. La *dangerosité*, c'est l'ennemi qui avance masqué, même quand elle s'applique à une situation ou un objet *a priori* inoffensifs. Un train peut en cacher un autre... Il n'y a pas de train ? C'est parce que vous ne le voyez pas. On en vient à se méfier de la moindre carotte potentiellement cancérigène, on nous rebat les oreilles avec la *dangerosité* du Wi-Fi ou du portable. Les grands prêtres de la *dangerosité* nous font vivre dans une obsession du risque alors que nous savons que de toute façon « ça finira mal »... N'est-ce pas, madame Michu ?

Dans le 9-3

Chacun sait qu'à force d'habiter dans certaines « cités périphériques », ça finit par barder pour son matricule et notamment en Seine-Saint-Denis. C'est dans cette logique que ledit département n'est désormais plus désigné que par un matricule : 9-3. Bien pratique pour tout le monde, au fond. Les médias peuvent ainsi évoquer le 9-3 avec tout ce que ces chiffres ont d'abstrait (sauf évidemment ceux de la délinquance où le matricule est roi). Si par malheur vous êtes dans le 9-3, pas la peine de préciser que vous vivez l'enfer ; une connivence tacite et compatissante s'établira avec votre interlocuteur. Par contre, si vous annoncez fièrement que vous êtes résident du 3-2, vous n'impressionnerez personne. Quoique en évoquant d'emblée le Gers, vous auriez aussitôt mis l'eau à la bouche : foie gras d'animal ! Bref, cette habitude qui consiste à numériser les départements est exclusivement réservée aux habitants du 9-3 et elle est encore à inscrire au tableau du déshonneur d'une sémantique franchouillarde, qui a imaginé le pléonasme « banlieue défavorisée ». On parle rarement, que je sache, de banlieue favorisée.

De chez...

Fatigué *de chez* fatigué, lassé *de chez* lassé, désespéré *de chez* désespéré, accablé *de chez* accablé, abattu *de chez* abattu, las *de chez* las, excédé *de chez* excédé, agacé *de chez* agacé, contrarié *de chez* contrarié, consterné *de chez* consterné, ravagé *de chez* ravagé, soûlé *de chez* soûlé, déchiré *de chez* déchiré, fracassé *de chez* fracassé, anéanti *de chez* anéanti, chagriné *de chez* chagriné, fâché *de chez* fâché, affligé *de chez* affligé, révolté *de chez* révolté, irrité *de chez* irrité, agité *de chez* agité, découragé *de chez* découragé, brisé *de chez* brisé, démoli *de chez* démoli, démoralisé *de chez* démoralisé, indigné *de chez* indigné, désolé *de chez* désolé, navré *de chez* navré, déprimé *de chez* déprimé, miné *de chez* miné, ruiné *de chez* ruiné, exaspéré *de chez* exaspéré. . Vous en voulez encore ? Me suis-je bien fait comprendre ? Voilà malheureusement ce que je ressens lorsque je me retrouve confronté à cette abominable locution... hélas bien *de chez* nous.

Décrypter

Il semble que notre époque soit celle des paléographes, vous savez, ces spécialistes du décryptage des écritures anciennes. On n'explique plus, on n'analyse plus : on *décrypte*. Tout et n'importe quoi : la dernière intervention du président de la République, les résultats d'une élection ou d'un sondage sur le tri sélectif. Tout est affaire de *décryptage*, assumé par des spécialistes : « Avec nous ce soir, le professeur X pour *décrypter* les résultats du sondage Safraise-Hypnos : les Françaises sont-elles pour ou contre les préservatifs parfumés au cassis ? » Je suppose que cela procède d'une certaine logique : à notre époque si *high-tech*, tout se complique ; plus question de compter sur le bon sens pour comprendre et interpréter quoi que ce soit. Place aux experts, voire aux experts chargés de *décrypter* pourquoi les experts qui les ont précédés se sont trompés dans leur *décryptage*. Et voilà comment, au fil du temps, nous sommes cernés par une multitude de Champollions chargés de nous persuader que sans eux, nous serions condamnés à errer dans les ténébreuses cryptes de l'ignorance.

Demander après

Demander est un verbe transitif qui, croyez-moi, aimerait bien le rester. On peut demander un renseignement, demander quelque chose à quelqu'un (pardon ou son dû, la bourse ou la vie), on peut demander en mariage, on peut demander à, on peut demander de, on peut ne demander qu'à, bref, on ne peut pas demander mieux ! On peut aussi se demander, être très demandé, et demander la main d'une jeune fille. Je sais que je vous en demande beaucoup en vous demandant de lire cet article jusqu'au bout, mais, vous savez, ce livre est très demandé, car il ne demande qu'à satisfaire votre légitime désir de savoir quels sont les 99 mots et expressions à foutre à la poubelle ; vous vous demandez donc où je veux en venir et vous demandez grâce… Eh bien, c'est très simple : *demander après* est à mon sens un horrible et vulgaire contresens. On ne *demande pas après* quelqu'un, on exprime le désir de rencontrer quelqu'un. Et que demande le peuple ? Simplement qu'on lui parle en français correct.

Disjoncter

C'est Woody Allen qui l'a dit : « Non seulement Dieu n'existe pas, mais essayez de trouver un plombier le dimanche. » Est-ce à cause de la raréfaction des garagistes, électriciens et plombiers, même polonais, que nos expressions populaires ont pris un petit air artisanal ? On ne s'énerve plus, on *disjoncte*, ou on *pète les plombs* si on a des ancêtres ou des cousins à l'EDF. Un beau-frère plombier ? On *pète un joint* et si on a dans la famille un capitaine au long cours, on *pète un câble*, alors que ceux qui ont eu un grand-père garagiste et qui connaissent le plaisir de mettre le nez sous le capot d'une voiture avec une clé de douze et une lampe torche *pètent une durite*. Une durite ? C'est tout simplement (j'explique pour les filles) un de ces nombreux tuyaux en caoutchouc qu'on trouve dans un moteur et destiné entre autres à acheminer un liquide de refroidissement.

Quant aux intellectuels, je leur conseille de lancer la mode du *péter une dendrite*, la dendrite étant au cerveau, comme chacun sait, même les filles, ce que la durite est au moteur.

Du jamais vu

Maintenant que les verres progressifs ont tellement progressé en permettant presque aux aveugles de voir, je ne vois aucune excuse pour ne pas apprécier le bien-fondé *du jamais vu*.

Éruption d'un volcan éteint, chute spectaculaire du CAC 40, greffe de visage, élection d'un Noir à la Maison-Blanche, découverte d'une souris de dix-huit mètres avec un chapeau sur la tête… *du jamais vu*. Peut-être, mais les puristes eux non plus n'ont *jamais vu* une aussi belle faute de langage : on appelle ça un barbarisme, dont certains aiment se gargariser. De mon temps, il était de bon ton de parler encore de scoop lorsqu'un événement sensationnel défrayait la chronique. L'aurait-on laissé tomber parce qu'il n'était « pas de chez nous » ? Pour le coup, ce serait *du jamais vu*… Je propose plutôt de redonner au bon vieux « on n'a jamais vu ça » ses lettres de clarté, ringardes, certes, mais explicites. En tout cas, le jour où nous nous remettrons à parler comme papa… on aura tout vu.

Effectivement

S'il est un mot dont la *contagiosité (sic)* n'a d'égale que la *dangerosité (sic)*, c'est *effectivement* qui se propage entre autres, tel un virus, chez les blablateurs audio- et télévisuels. En fait, tous en sont frappés, non seulement les abonnés de l'écran plasma et de la bande FM, mais aussi toute personne en âge d'ouvrir la bouche pour s'exprimer, c'est-à-dire vous et moi. Un mot flou et vague, mais qui crée le *consensus* (re-*sic*) parce que cet adverbe, logé au plus profond de notre inconscient, n'est même plus repéré par l'auditoire. C'est le tic de langage par excellence au même titre que le léger toussotement cher aux Anglais qui donne un sursis d'une demi-seconde pour trouver ses mots. Avant cette pandémie de peste verbale, *effectivement* avait un sens, un vrai : « qui existe réellement ». On en est bien loin aujourd'hui, car au-delà du simple tic de langage, c'est un mot qui, dans le sens abusif qu'on lui attribue, est devenu collant, poisseux, en masquant sous un air débonnaire une certaine autosatisfaction.

Énorme

Si je devais comparer le langage contemporain à une garde-robe, je dirais qu'on ne fait plus que dans la taille unique, format XXL ! Au moins, quand il s'agit de tailler des costumes ou d'habiller pour l'hiver, on ne risque pas d'être gêné aux entournures. Donc, voici l'*énorme* – ou plutôt l'*énoooorme*. Vocable à mettre à toutes les sauces. Discours – « T'as entendu le discours du délégué ? *Énooorme* ! Qu'est-ce qu'il lui a mis, au DRH ! » –, succès planétaire d'un livre, d'un disque, d'un tube, pagaille due à un mouvement social : tout est dans l'*énorme*, et du même coup dans les normes, tant il est vrai que de l'énormité naîtra un jour l'uniformité. Ah ! c'était bien la peine, tiens, de vanter, il n'y a pas si longtemps de cela, les mérites du *small is beautiful*. Encore que c'est bel et bien, le plus souvent, de souris qu'accouchent toutes ces montagnes... Mais de toute évidence, les avertissements d'un certain M. de La Fontaine quant aux risques encourus par les grenouilles qui se sentent des ambitions format bovidé sont restés lettre morte. Et ça, entre nous, c'est gonflé...

Entre guillemets

J'ai déjà eu souvent l'occasion de pester contre le fameux « politiquement correct », cette entreprise d'anesthésie générale de notre langage où, sous couvert de simplification, il est devenu inconvenant d'appeler un chat un chat... Désormais, dès qu'on redoute qu'un mot ou une expression ne soit pris au pied de la lettre ou ne froisse certaines susceptibilités, on prend bien soin de préciser que tout cela est dit *entre guillemets*. Preuve que de toutes les matières, c'est décidément la ouate qu'on préfère... Je remarque ainsi que, lors des débats télévisés, on pourrait bel et bien parler de polémiques *entre guillemets* ; la pratique s'accompagnant d'une gestuelle *ad hoc*, au cas où certains n'auraient pas compris. Non content de dire *entre guillemets*, on joint le geste à la parole en imitant avec les doigts les guillemets en question. Serge Moati, au demeurant excellent présentateur, utilise cette technique avec une virtuosité époustouflante. Néanmoins, je pense qu'à grand renfort d'*entre guillemets*, c'est l'essentiel qu'on finit par mettre... entre parenthèses !

Erreur de casting

En un temps que les moins de vingt ans (voire de trente ans) n'ont pas pu connaître, on disait tout simplement de quelqu'un qui ne donnait pas satisfaction, qu'il ne faisait pas l'affaire ou qu'il n'avait pas le bon profil. Mais depuis, les médias, tendances télé-réalité et séries télévisées, sont passés par là. On parle désormais d'*erreur de casting*. Imaginez les conséquences, lors des entretiens de recrutement : le postulant – ou la postulante – est invité à virevolter devant le DRH – voire le président de la République lorsqu'il s'agit de former un gouvernement – et à jouer un bout d'essai sous forme de mimodrame en rapport avec ses futures attributions, du genre : « J'informe mes compatriotes qu'il n'y a plus un sou dans les caisses de l'État », « J'affirme que le gros de la crise est derrière nous » ou « J'explique à Robert Bidochon que c'est à regret qu'on va devoir se passer de ses services ». Voilà qui, à n'en pas douter, contribuera puissamment à élever notre conscience politique… À quand un *Koh-Lanta* de vos futurs délégués du personnel, une *Île de la tentation* des remaniements ministériels ou un *Loftum Vaticanum* pour le prochain conclave à Rome ? Il faudra que je demande à Loana ce qu'elle en pense…

Espace

Paradoxalement, alors qu'on aurait pu penser qu'avec une surpopulation galopante on allait manquer d'*espace*, c'est le contraire qui se produit : l'*espace* est partout et, croyez-moi, ça n'a pas l'air de s'arranger. Une véritable contagion qui ne rappelle en rien la rose de Malherbe qui, elle, « a vécu ce que vivent les roses, l'espace d'un matin ». L'*espace* version XXIe siècle fleurit à tout bout de champ ou plutôt à tout bout de rue : *espace* beauté, *espace* détente, *espace* santé, *espace* muséal, *espace* maison, *espace* jeux, *espace* mode, *espace* identifiant, *espace* rencontre, *espace* client, *espace* multimédia. Certains espaces ont cependant tendance à rapetisser, tels l'*espace* emploi à l'ANPE ou encore l'*espace* vert remplacé par des parkings pour garer les Espace et, comble du comble, notre *espace* de liberté. Bientôt, nous aurons un *espace* blanc à la place de la montagne, un *espace* bleu à la place de la mer, et un *espace-espace* puisque nos appartements ne sont plus agencés en pièces mais en *espaces* (bien-être, repos, rangement, etc.), sans compter avec un autre *espace-espace*, celui qui désigne probablement l'aire de lancement de la fusée *Ariane* à Kourou, en Guyane.

ESPACE
PIPI

Faisabilité

Au commencement était le Verbe par excellence, le verbe à tout « faire ». Agrémenté d'un suffixe, il s'est transformé en « faisable », que les Anglais nous ont emprunté pour le relooker en feasible, lui même suffixé en feasibility. Histoire banale de dérivation, certes, mais, après « imbécillité » et « stupidité », fallait-il en rajouter une couche avec *faisabilité*, si vous voyez ce que je veux dire ? Puisque ce mot définit *a priori* ce qui est envisageable, concevable et réalisable dans des conditions déterminées, pourquoi ne pas imaginer l'« envisageabilité », la « concevabilité » et la « réalisabilité » d'un projet, au point où nous en sommes ? Certes, la « compréhensibilité » des mots en « té » en général n'est pas en cause, mais la « ridiculité » de certains d'entre eux pose vraiment problème. En fait, le succès de ce terme on ne peut plus disgracieux s'explique surtout dans les bureaux d'études qui gonflent de concert leurs honoraires et leur vocabulaire. L'étude de *faisabilité* d'un projet paraît en effet bien plus performante qu'une modeste étude préliminaire. Voilà pourquoi il est, hélas, « infaisable » de supprimer *faisabilité*.

Festif

Une fois n'est pas coutume, car – privilège de l'âge – je suis plutôt Minitel qu'informatique, mais je vous conseille de chercher le mot *festif* sur Internet : un pik-nik (*sic !*) *festif*, un groupe de musique *festif*, un jour *festif*, un café théologique *festif*, un spectacle *festif*, un islam *festif* (mais si !), un air *festif*, un jazz *festif*, des événements *festifs*, un apéritif *festif*, un marché *festif*, un exode malien *festif* (!), un pôle *festif*, un calendrier *festif*, un réveillon *festif*, un menu *festif* (mais diététique…), un patrimoine *festif*, un bon plan *festif* (à Agadir), un mode d'emploi *festif*, une location *festif* (*sic !*), du foot *festif*, du vin *festif*, un maquillage *festif*, etc. Il ne manquait qu'une hospitalisation, une maison de retraite, un accident et un raton laveur *festifs* pour compléter cette liste à la Prévert. À en croire la famille Google, tout serait *festif* dans la vie qui pourrait se terminer en apothéose par un requiem et un enterrement *festifs* !

Je connais des étrangers qui vont nous envier et tous ne vont avoir de cesse de délocaliser pour vivre chez nous, car on a l'air de bien y rigoler. J'ai beau googliser, impossible de trouver une « fête *festive* ». Un comble !

Feuille de route

En langage militaire, une *feuille de route* est « un ordre de rejoindre assorti d'un itinéraire ». Mais depuis qu'on fait plus l'amour que la guerre, du moins je l'espère, elle est de moins en moins utile. Il n'y a plus de poilus, plus de molletières, plus de fleurs au fusil. Alors on s'est vus obligés de relooker la *feuille de route* pour en faire l'outil indispensable à toutes nos manœuvres.

Ces « mille-feuilles » de route détaillent maintenant les programmes de nos chefs et exposent leurs stratégies. Ce sont elles qui accompagnent toutes les décisions dès qu'une réforme est programmée : fonction publique, lycées, collectivités locales, on produit une *feuille de route* qui identifie les étapes. Ce sont elles aussi qui guident les pèlerins sur la route de Saint-Jacques-de-Compostelle. De quoi les frustrer, car elles les confinent sur un itinéraire précis en les privant de découvertes et de visites imprévues. À ce rythme, on verra bientôt Nadine de Rothschild nous rédiger une *feuille de route* sur les bonnes manières ou, pire, le Vatican en publier une à la façon de Bison Futé pour nous indiquer des itinéraires de délestage garantis sans préservatifs.

Formater

Bien qu'on ne sache pas très bien si, dans ce cas précis, ce sont MM. les Anglais qui ont tiré les premiers, toujours est-il que c'est avec eux que nos joutes linguistiques sont les plus folles : on se vole des mots, on les customise, on les transforme et, quand ils n'ont plus de sens, on les « chartérise », pardon... on les renvoie au pays.

Formater en est un bel exemple. À l'origine, un « format » me renseigne sur les dimensions de mon téléviseur grand format... dont je suis si fier, merci monsieur Darty. Une fois en Angleterre, le mot (pas le téléviseur) se fait verbaliser, non par un *bobby*, mais par la tradition orale et devient *to format*, un mot horrible (pire que la panse de brebis farcie !) qui nous est aussitôt renvoyé par le premier Eurostar. Si des informaticiens s'en emparent pour « mettre en forme » les données de leur disque dur, des gourous en profitent, eux, pour *formater* leurs semblables en leur imposant un drôle de comportement. À tout faire, je me demande si je ne préfère pas la panse de brebis farcie.

Franco-français

Spécificité française oblige, si je peux me permettre ce pléonasme (chacun sait que si c'est français, c'est forcément spécifique, au même titre que le concubin est toujours notoire et l'accident toujours stupide…), les controverses sont toujours 100 % françaises. Peut-être devrais-je me consoler en me disant qu'il restera au moins ça (parce que, pour ce qui est des lave-linge, tee-shirts et magnétoscopes, on fait plutôt dans le sino-chinois). Donc, quand un Français rencontre un autre Français, qu'est-ce qu'ils se racontent ? Des histoires de Français – pardon : des histoires *franco-françaises*. J'épinglerai aussi l'« exception culturelle *franco-française* » – excusez du peu, surtout quand c'est signé d'un certain Jean-Marie Messier. Comme s'il n'avait pas compris qu'une exception française est forcément française. J'ajouterai les « objectifs très *franco-français* » selon l'Associated Press, le « projet *franco-français* » du *Monde* (là, le monde pour le coup semble bien petit), le « débat *franco-français* » de *L'Humanité* et même les « vols franco-français d'œuvres d'art » dénoncés par l'excellente revue d'art *L'Estampille*. À quand un passeport *franco-français* ?

Genre

« Style », « type », « façon » et autres « sorte », vos heures sont comptées ou plutôt *genre* comptées. On n'a plus le « type » maghrébin, on est du « *genre* maghrébin qui traîne dans le quartier », comme dirait ma concierge à propos du quidam qui vient de lui voler son sac à main ; on n'a plus le « style » bobo, on est *genre* bobo, tu vois (incidemment, j'ai pu constater que, pour que le dispositif atteigne son efficacité optimale, l'ajout du « tu vois » s'avère indispensable). Bref, des *genres* il y en a partout, au point qu'on ne s'y retrouve guère : « On a mangé un truc *genre* cassoulet », « On a passé nos vacances dans un truc *genre* Club Med ». Mais où cela va-t-il nous entraîner ? On peut dire qu'il en aura fait du chemin, ce *genre* initialement associé au masculin et au féminin. À croire que cette nouvelle dérive s'explique justement pour différencier le mâle de la femelle : « Elle est du *genre* femme, tu vois », « Ta gonzesse, elle est plutôt *genre* meuf, tu vois », ou encore : « C'est plutôt le mec *genre* mec, tu vois. » Eh bien, moi, je ne vois pas du tout et je trouve que tout cela fait bien mauvais *genre*. Même que *genre*, ça m'énerve, tu vois...

Gérer

Nous avions déjà nos biens matériels à *gérer*, puisque, est-il nécessaire de le rappeler, *gérer* signifie, au départ mais hélas plus à l'arrivée, « administrer » – ce qui n'est pas une mince affaire. Au commencement, donc, nous vivions, sans le savoir, une heureuse époque. Mais depuis quelque temps, nous avons bien d'autres choses à *gérer* : notre stress, notre vie, notre relation de couple, le bruit, les performances de nos disques durs, les croquettes du chat, les conflits, nos émotions, la planète, etc. J'ai beau m'y mettre de plus en plus tôt le matin, je n'arrive plus à *gérer* mon temps. Et pourtant je me suis entouré de « coaches » censés m'apprendre à *gérer* mes priorités, à *gérer* mes amis sur FaceBook, à *gérer* les personnes difficiles, et même à *gérer* mon identité numérique. Mais tout cela me coûte beaucoup d'argent et aucun de ces coaches n'a de véritables conseils performants pour *gérer* mes fins de mois, difficiles vu qu'ils (les coaches) me coûtent. Bref, comme je disais récemment au maire et à ses *gérés* (je n'ose plus dire « administrés »), vivre devient *ingérable* et je demande donc d'être mis en *gérance*.

Globalisation

Il était une fois la « mondialisation » et, bon an mal an, on s'était habitué à en entendre parler pour dénoncer l'accroissement des mouvements de biens économiques ou culturels, de main-d'œuvre, de technologie à travers notre planète. Nous avons aussi depuis quelques années accepté d'entendre d'une oreille plus ou moins distraite ferrailler les antimondialistes et les altermondialistes. Et puis patatras ! La *globalisation* nous est tombée dessus. Peut-être pour nous rappeler que notre terre était ronde, à moins que ce ne soit encore un coup de Trafalgar puisque *globalization* est 100 % *made in Roast-Beefland*... Préparons-nous en conséquence à accueillir les antiglobalistes et les alterglobalistes puisqu'on « globe » tout, entre le yaourt qui fait deux mille kilomètres pour ramener sa fraise, et deux mille autres pour se faire sucrer. Puis nous passerons sans doute à la planétarisation avec ses anti et alterplanétaristes. Mondialisation ? *Globalisation* ? Planétarisation ? Pourquoi pas « cosmolisation » ? Personnellement, je propose d'en rester à cette bonne vieille mondialisation, car *a priori* la méthode globale n'a jamais fait ses preuves.

Ghetto

Que ce mot et sa terrible connotation historique viennent de l'italien *ghettare*, littéralement « jeter », n'étonnera personne. Le premier *ghetto* fut créé, en 1516, à Venise quand le Sénat assigna les juifs à résider dans une partie du Cannaregio, le *ghetto nuovo*. On connaît la suite et le tristement célèbre *ghetto* de Varsovie. Par le biais de curieuses dérives, ce mot maudit est devenu maintenant un terme générique qui désigne tout quartier où se concentre une minorité ethnique, culturelle ou religieuse en général défavorisée. C'est ainsi qu'on vient à traiter de *ghettos* certaines banlieues, ce qui est sociologiquement et historiquement incorrect. J'aimerais, une fois n'est pas coutume, me gausser d'autres dérives plus légères autour de ce mot, tels les *ghettos* où s'entassent les nantis. Ces fameuses résidences surveillées par des caméras et des gardes armés jusqu'aux dents (en or, forcément). On les appelle communément des *ghettos* de riches. C'est à se demander si le pluriel de *ghettos* ne serait pas en fait « Getty »…

GHETTO
LES FLOTS BLEUS

Grave

La loi de la gravité (dûment énoncée par Isaac Newton à la suite de la chute malencontreuse d'une pomme sur son occiput) n'en finit pas de faire des victimes... Pensez donc ! Avant, on parlait d'accident *grave*, de blessure *grave*, de situation *grave*... Désormais, ce sont les gens eux-mêmes qui deviennent *graves*. « Il est *grave*, celui-là », « Là, elle est *grave*, la meuf »... Et comme si cela ne suffisait pas, le cas échéant, il y a même, distinction suprême, « *grave* de chez *grave* ». À ne surtout pas confondre, par exemple, avec un nom de parfum : rien à voir avec Dior de chez Dior. Même si j'ai de bonnes raisons de penser que c'est peut-être de ce genre d'appellation publicitaire que tout est parti. Il n'empêche que je m'interroge sur l'identité exacte de ce mystérieux M. Grave qui héberge le *grave*. La piste vinicole, un moment envisagée, a dû être abandonnée, suite à une protestation des viticulteurs bordelais qui précisent que ce n'est pas « *grave* », mais « Graves », et que ça sent encore la diffamation fort probablement organisée par la Commission européenne... Alors, qui êtes-vous au juste, monsieur Grave ? Et qu'est-ce que c'est que cet hébergement illicite ? Vous avez vos papiers ? Il n'empêche que je trouve tout ça *grave*, docteur. Et que tant qu'à me gratouiller ou me chatouiller, ça m'irrite carrément !

Hexagone

Pourquoi faire simple quand on peut faire compliqué ? Peut-être parce que « France », ça fait trop basique – ou trop « gaullien », ça dépend des cas. Dès lors, je suppose que notre époque, éprise de langage technologique, a voulu faire appel à une science exacte – en l'occurrence la géométrie – par le biais de cet *hexagone*. Géométrie au demeurant variable, puisque cet *hexagone* présente l'intéressante particularité de ne comporter que quatre coins (contre six en version originale). C'est Euclide qui serait content, tiens ! Mais je suppose qu'il s'agit là encore d'une spécificité française. C'est vrai, quoi, notre géométrie nationale a bien le droit d'être spécifique, à l'instar de nos films, de notre roquefort et de nos vins de l'Hérault ! Il est vrai qu'on a également droit aux « quatre coins du globe ». Allons bon ! Je ne savais pas qu'une sphère pouvait avoir des coins (car notre planète est sphérique, la NASA le confirme, si tant est qu'on puisse faire confiance à des Américains qui n'aiment ni le roquefort, ni les vins de l'Hérault).

l'hexagone
?

Iconoclaste

On raconte que des partisans des empereurs byzantins aux VIIIe et IXe siècles s'opposaient à l'adoration et au culte des images saintes. On les appelait *iconoclastes*, littéralement « briseurs d'icônes ». Jusque-là, rien qui soit susceptible de jeter le mot à la poubelle. Beaucoup plus tard, le capitaine Haddock redonna à sa façon une seconde vie à ce mot tombé en désuétude en l'incluant dans la liste de ses injures préférées : paltoquet, analphabète et autre anacoluthe. C'est sans doute chez Hergé, plus que chez les empereurs byzantins, qu'il faut trouver l'explication au sens qu'on donne maintenant à *iconoclaste* : un original, un excentrique (chanteur, poète, écrivain, peintre) qui aime déranger et saboter les idées reçues. Il titille ceux qui pensent la pensée unique, qui font ce qui se fait et se disent ce qui se dit. Mais ce type de personnage ne fait que bousculer nos références pseudo-culturelles sans chercher à les remplacer par d'autres valeurs. Est-ce une raison, tonnerre de Brest, pour traiter d'*iconoclaste* le premier moule à gaufre qui se fait passer pour un agitateur d'idées !

Impacter

Ce n'est décidément pas pour rien qu'on a fait deux guerres mondiales ! Depuis, il y a des *impacts* partout. Ça pète dans tous les coins ! Vite, un gilet pare-balles ! Impact d'une campagne publicitaire ou d'un film sur un certain public, ou de la baisse du CAC 40 sur les bourses européennes... Comme si nous n'étions pas assez transformés en punching-balls version bipèdes, voici qu'à présent on *impacte*, verbe jusqu'à présent absent de nos dictionnaires mais que son passeport anglo-saxon semble avoir dispensé de toute formalité. Et alors là, tous aux abris ! Pensez donc : les nouvelles garanties bancaires *impactent* les clients, les mauvaises graisses *impactent* notre cholestérol et des mesures sont prises pour *impacter* la relance en Guadeloupe (comme si les éruptions de la Soufrière n'avaient pas suffi !). Bref, ambiance Verdun ! Reste à savoir si, grâce à des charmantes attachées de presse qui assureront la promotion du remarquable ouvrage que vous tenez entre les mains, celui-ci va *impacter*. Mais s'il « cartonnait », ce serait déjà pas si mal !

Individu

On connaissait l'homo sapiens et l'homme de Néandertal, et voici qu'une nouvelle race d'hommes, ou plutôt une nouvelle catégorie, surgit du néant : l'*individu*. Race inférieure s'il en est, l'*individu* ne se lave pas (sale *individu*), il n'est pas gai (triste ou sinistre *individu*) et il est *a priori* dangereux surtout lorsqu'il est d'origine maghrébine, ce qui explique qu'on parle rarement d'*individus* lorsqu'il s'agit de ministres ou de stars de cinéma. Pour éviter de les confondre, c'est facile : le ministre circule en voiture de fonction et l'*individu* dans un véhicule (généralement volé). Pourquoi ce glissement dépréciatif teinté de mépris et d'ironie pour un mot qui désigne tout simplement l'« élément indivisible d'une collection d'êtres » ? Peut-être parce qu'on n'a pas envie de l'identifier, puisqu'il est peu recommandable. Heureusement, le terme *individu* ne s'applique pas à une femme. Je connais des chiennes de garde qui vont être contentes.

Instrumentaliser

A *priori*, c'est l'art de se servir de quelqu'un ou de quelque chose pour parvenir à ses fins. Vaste programme qui n'incite pas à l'indulgence. Tout y passe, car, pour arriver coûte que coûte, en faisant si possible pleurer Margot, on *instrumentalise* tout : la misère des uns, la crédulité des autres, les bébés phoques, l'antisémitisme, l'insécurité, le réchauffement climatique et bien sûr les médias... Seul le raton laveur semble épargné.

Cette stratégie plutôt maléfique n'est plus l'apanage des politiques prêts à tout pour mériter le Panthéon, car chez Monsieur Tout-le-monde aussi, on *instrumentalise*. Si le couple est bancal, l'un des deux conjoints est forcément *instrumentalisé* par l'autre, et, dans les familles « décomposées », chacun des parents *instrumentalise* l'enfant pour faire pression sur l'autre. Tout ça n'est pas joli, joli. Les temps changent et les mots aussi, mais les comportements demeurent, car l'homme ne change pas, lui. Il a besoin de se sentir fort en utilisant des mots qui l'impressionnent et accuser l'autre de vous *instrumentaliser* alors qu'il est simplement en train de vous manipuler, ça a quand même plus de gueule.

J'ai envie de dire

Tartuffe pas mort ! Pour mieux dorer la pilule lors des débats télévisés, discours et autres interventions politico-médiatiques, plus d'assertions péremptoires, simplement : *J'ai envie de dire*. Tétanisé devant la petite lucarne, le téléspectateur comprend alors qu'il va avoir droit à du sincère, du franc, de l'intime, du vrai de vrai auquel « j'ai envie » apporte la modestie d'une velléité. D'ailleurs, certains virtuoses du *j'ai envie de dire* ne manquent jamais de le faire suivre d'un bref silence, l'équivalent d'un roulement de tambour en version... muette. L'ennui c'est qu'en fait, il ne vous a pas demandé votre avis, il va faire bel et bien comme chez lui et ce qu'il a envie de dire, il ne va pas se gêner pour le dire : « *J'ai envie de dire* que les Français aimeraient travailler, le dimanche, les jours fériés et la nuit de la Saint-Sylvestre », que « le pire est derrière nous », que « l'opposition ne vaut pas tripette », etc. Voilà pourquoi lorsque j'entends *j'ai envie de dire*, j'ai envie de répondre : « Ne vous sentez pas du tout obligé. »

Jeunisme

Au début, il y avait des mots en -isme qui fédéraient les partisans d'un courant de pensée : christianisme, fascisme, romantisme et puis, premiers dérapages sémantiques, on a inventé le sexisme, le féminisme, le machisme et, *last but not least*, voici le terrible *jeunisme* chargé de barrer la route aux poussifs, aux vulnérables, aux balbutiants, bref, aux vieux schnocks. On n'a plus le droit de devenir vieux et sage sauf si, pour satisfaire notre société mercantile, on accepte de paraître en société en poussant la chansonnette. C'est au nom du *jeunisme* qu'on invente des sports extrêmes et qu'on boit à même la canette de coca. Les autres, les moins jeunes, ont droit à des pubs sur des colles à dentiers ou des protections contre les fuites urinaires. La pub déteste les croulants. La preuve : elle demande aux mémés de faire les yéyés. Mais attention ! À force de nier la vieillesse, c'est toute une civilisation qui risque de perdre la mémoire.

HOP
HOP
HOP
HOP
HOP

Je te raconte pas

Si, justement, vas-y ! Raconte ! Tu en meurs d'envie et ça tombe bien, c'est justement ce que tu veux taire qui nous intéresse. C'est bien connu, l'interdit nous titille : on force la porte à chaque « Défense d'entrer », on marche sur la pelouse, on parle au conducteur, et même si c'est *pericoloso* de se *sporgerser*, on se pencherait bien par la fenêtre du TGV. Mais pourquoi cette manie de faire semblant de nous cacher des choses, alors qu'on va finir par tout nous dire ? Pour ménager un reste de pudeur avant une révélation croustillante ? Pour s'attribuer la paternité d'un scoop dont on est le bénéficiaire ? Pour savourer le désir de l'autre qui est suspendu à vos lèvres dans l'attente du big-bang ? Ou alors tout simplement pour annoncer prudemment que ce qu'on va raconter n'intéresse personne ou, pire, qu'on refuse de parler parce qu'on en est incapable ? Difficile, en effet, de jouer au petit rapporteur pour celui qui souffre d'atrophie des fonctions langagières. Il ne lui manque que la parole.

Jubilatoire

Ce mot est un emprunt à l'hébreu *yobehei*, « bélier ». Et alors, quel rapport avec *jubilatoire* ? La trompette en forme de corne de bélier, bien sûr, qui servait à hurler sa joie. Ce qui explique que lorsqu'on goûte une excellente tête de veau sauce gribiche, on dit qu'elle est *jubilatoire* ! Voilà, le nouveau ton de l'enthousiasme est donné. Plus question de se contenter de se réjouir avec réserve et discrétion. Non ! On se doit de commenter notre plaisir avec des cris plutôt qu'avec des chuchotements, des applaudissements et des vivats, qui peuvent même aller jusqu'à l'hystérie collective suivie de pâmoison. Il est vrai que la musique sacrée foisonne de *jubilate*, *exultate*, injonctions à une joie exubérante et communicative, mais Jean Sébastien Bach, que je sache, ne pensait pas, en composant ses cantates (BWV 12 entre autres), à Mylène Farmer ou à la Star Ac'. Il voulait simplement signifier qu'il ne fallait pas hésiter à manifester sa joie… intérieure, s'entend. D'ailleurs, la reine Victoria, qui ne rigolait pas tous les jours avec son fameux *We are not amused*, l'avait bien compris, car elle a attendu son… jubilé pour esquisser un pâle sourire.

La totale

Notre monde serait-il tombé sous la coupe d'un lobby de gynécologues obstétriciens ? En effet, voilà qu'on nous fait *la totale* pour un oui pour un non, et sans distinction de sexe ! Un comble ! Ainsi, après la tenue d'une réunion exceptionnelle du comité d'entreprise, pour annoncer la suppression de quelque mille emplois, les syndicats affirmeront : « Là, ils nous ont fait *la totale* ! » À l'inverse, vous pouvez très bien faire *la totale* au garagiste qui vous a rendu votre voiture (maintenant, on dit véhicule...) en plus mauvais état que lorsque vous la lui confiâtes (Fiat Uno, bien sûr... [N.D.L.R.]) : « Alors là, je lui ai fait *la totale* et du coup il m'a offert les bougies ! »

Le drame, c'est que le phénomène est appelé à s'étendre comme certaines marées noires sur les plages de Bretagne et certains rêvent de faire *la totale* à Total chez qui, il est vrai, « on ne vient jamais par hasard ». Tout le monde sait qu'entre profits confortables et suppressions d'emplois, Total ne se prive guère de faire *la totale*. À se demander si, avec cette universelle totale en embuscade, le totalitarisme ne nous guette pas.

Lambda

À la différence de la lambada, *lambda* ne se danse pas, sauf si on est un *citoyen lambda* et qu'on a l'habitude de traîner dans les boîtes de nuit. Comment en est-on arrivé là ? C'est très simple : comme nous sommes en général assez incohérents, on a attendu que les langues anciennes soient bannies des collèges pour se mettre à parler latin ou grec. Il y a d'abord eu le « quidam » emprunté au latin. Puis ce passant anonyme a remonté le temps jusqu'aux calendes grecques pour se transformer en individu *lambda*. *Glati* (« pourquoi », en grec), nom de Zeus, ne peut-on se contenter de parler français ? *Quia* (« parce que », en latin) ce type *lambda*, si on l'appelle Monsieur Tout-le-monde, on sait de qui on parle ; *idem* (ça aussi, c'est du latin) pour la ménagère *lambda*, *housewife* facilement identifiable, surtout si elle est *desperate*. Et ce citoyen *lambda* qui ne sait jamais pour qui voter, c'est vous, c'est moi, qui habitons dans le quartier *lambda* et qui faisons partie de ces gens normaux qui n'ont rien d'exceptionnel, et ça, souvent, ça énerve. Alors, ce *lambda* dont il est affublé, ne serait-ce pas en fait la meilleure façon de l'envoyer se faire voir chez… les Grecs ?

Limite

Essayer de comprendre pourquoi on use et abuse de *limite*, c'est franchement *limite* impossible. Mais à la *limite*, je veux bien accepter *limite* quand c'est un nom, mais quand il joue à l'adverbe, je suis *limite* perplexe, surtout si ce *limite* ne sait même pas où on en est. Si Johnny chante *limite* juste, est-ce que ça veut dire que c'est presque juste ou presque faux ? Mais si, *Chez Marcel*, le plat du jour est *limite* mangeable, c'est vraiment qu'il est presque immangeable. Par contre, si conduire trop vite, c'est *limite* dangereux, cela ne signifie pas que c'est presque sans danger ! Parfois *limite* se suffit à lui-même. « J'ai eu mon train, c'était *limite*. » « Je te rends ta copie, c'est *limite*. » *Limite* est sans doute *limite* insaisissable, il défie les rigueurs de la grammaire. *Limite*, c'est n'importe quoi, ça n'a pas de sens, c'est une façon de se complaire dans le « bof » et l'approximatif. La preuve, c'est que le *limite* sans limites est devenu *limite* normal.

Mental

Du latin *mens*, « esprit », le *mental* est le moteur de la réussite et de la performance. Un *corpore sano*, c'est bien, mais s'il n'est pas accompagné d'un *mental sano*, ça ne vaut pas un clou. Tous les champions vous le diront : on gagne une compétition sportive, un concours de chant, voire une élection présidentielle, grâce à son *mental*. Avant, on était seul pour traîner ses boulets psychologiques qui empêchaient de parler haut et de courir vite ; maintenant, un coach technique ne suffit plus, il faut absolument un coach *mental* qui permet aux footballeurs et autres tennismen et présidents de la République en herbe de travailler tout ce qui n'est pas physique. À signaler qu'on peut très bien remplacer le coach par un psy ; le résultat sera le même, à savoir nous aider à mieux contrôler émotions et stress. Donc, si vous visez la performance, pourquoi ne pas travailler éventuellement votre coup droit, votre triple axel et vos vocalises mais surtout le *mental* ! C'est grâce à lui que vous serez vous-même… en mieux.

Moi personnellement

Les enfants ont le Lego et les adultes… l'ego – encore moi, toujours moi. Cette avalanche de moi est bien facilitée à notre époque où la « blogitude » fait le bonheur ou le malheur des égocentristes de tous poils. Alors, *moi personnellement*, pléonasme ou tautologie ? J'aurais une petite préférence pour pléonasme narcissique tendance Sacha Guitry qu'on surnommait, peut-être à tort, « Monsieur Moâ ». En fait, ce *moi personnellement* veut bien dire ce qu'il veut dire : je ne veux pas que mon « moi » à moi se mélange au vôtre, sauf si affinités, bien sûr. Le *moi personnellement* est au vulgaire « moi » ce que l'AOC est aux produits Leader Price. Mais à force d'accumuler des tautologies, plus personne ne fera la différence. Voilà pourquoi je me permettrai (personnellement) quelques suggestions : *moi spécifiquement* ou *moi substantiellement*, par exemple. Et pendant ce temps, Blaise Pascal, pour qui on sait que le « moi est haïssable » ne se retourne même plus dans sa tombe. Il est carrément passé au trampoline.

L'ÉTAT, C'EST MOI PERSONNELLEMENT

Microcosme

Il y a dans ce mot dont les médias font des gorges chaudes un côté « chasse réservée » qui prête vraiment à sourire… nerveusement. Le *microcosme* peut être politique, intellectuel, artistique, mais on entend rarement parler de *microcosme* de la poissonnerie ou de la boucherie-charcuterie. Vous l'avez compris, le *microcosme* est réservé aux élites. Heureux, donc, ceux qui en sont et qui ne veulent surtout pas être confondus avec une banale amicale de quartier. Ces privilégiés, cette caste d'élus, ne se sentent plus d'être labellisés *microcosme* puisque c'est ainsi, excusez du peu, que les philosophes grecs définissaient l'homme : *micro*, « petit », et *cosmos*, « monde ». Attention ! « Petit » pris dans ce sens est tout sauf réducteur et tend à démontrer que chacun de nous est une reproduction de l'univers en miniature, avec ses déserts, ses gouffres et ses couchers de soleil. En fait, l'homme *microcosme* 2009 se fout du cosmos. Il ne pense qu'à lui et à ses copains qui, en général, n'habitent pas Sarcelles. Et s'il y avait un *microcosme* des banlieues, ça se saurait.

N'importe quoi !

Cette manie du *n'importe quoi*, c'est vraiment *n'importe quoi*. Parce que *n'importe quoi*, ce n'est pas *n'importe quoi*. Quand j'ai un petit creux entre le petit café du matin et le déjeuner, je suis prêt à manger *n'importe quoi*. Normal. C'est-à-dire, ce qui me tombera sous la main – c'est mieux que rien. En fait, *n'importe quoi*, c'est moins négatif que rien et désigne quelque chose d'indéfini. Mais ça n'a rien à voir avec le néant ; ce qui n'est pas le cas de ce *n'importe quoi* à la mode qui est une apostrophe très péjorative et totalement absurde. Parce que si c'est *n'importe quoi*, c'est quand même quelque chose. Mais c'est moche et c'est raté. Puisque Raymond Devos n'est plus là pour nous faire rire des incohérences de la langue, je suggère qu'on arrête de parler « fourre-tout » en disant tout et *n'importe quoi*.

Nominer

Une jolie rumeur laisserait entendre que ce mot qui n'a absolument pas sa place dans la langue française aurait été « inventé » par Romy Schneider. Si cette légende se révélait exacte, je laisserais, une fois n'est pas coutume, mon ire de côté, car je ne me sens pas d'attaque pour fustiger notre ravissante Sissi, qui n'aurait pas trouvé sur un podium l'équivalent français à l'anglais *nominated*. Soit, mais est-ce une raison pour que la dictature de l'audimat nous impose aussi l'adjectif *nominable*, pour désigner une présélection de candidats ou d'œuvres susceptibles d'être récompensés ? D'aucuns pensent que « nommer » serait trop vague et trop polysémique. Soit. Mais « proposé », « sélectionné », « choisi » ou « désigné » pourraient parfaitement faire l'affaire en lieu et place de l'abonominable, pardon, l'abominable *nominé*. Et en souvenir de Romy, je porte une tartine *(toast)* en levant mon verre de Jean Marcheur sur les rochers *(Johnnie Walker on the rocks)*...

On est sur Paris

Rien à voir avec le récit d'une partouze homérique ayant confronté le sieur Paris aux ci-devant déesses Héra, Aphrodite et Athéna en vue de déterminer qui était la plus belle des trois (avec les conséquences calamiteuses qu'on sait). Non, nous sommes dans un registre banalement topographique. On n'est plus à Paris, *on est sur Paris*. Une manière, je suppose, de montrer qu'on sait prendre de la hauteur et qu'on maîtrise l'ensemble de la situation – tel l'aigle planant majestueusement avant de fondre sur sa proie. De fait, le ciel de la capitale, entre VRP, agents immobiliers, démarcheurs, créateurs de start-up et autres me semble singulièrement encombré. Un comble, pour des gens finalement plutôt terre à terre ! Notez qu'on peut aussi être sur Nœud-les-Mines ou Lamure-sur-Azergues, mais ça se dit moins, car ça fait un peu ras des pâquerettes, non ? Enfin… moi, je suis sur mon scooter, c'est déjà ça.

Optimiser

Par charité chrétienne, je ne le citerai pas, mais certain dico, je n'ose même pas parler de dictionnaire, en donne la définition suivante : « Désigne le fait de réaliser une *optimisation* d'un code source » (*sic !*). Je ne sais pas ce que c'est qu'un code source, mais je doute qu'elle (la source) soit miraculeuse. Je décide donc d'*optimiser* ma recherche avec *optimisation* : « Le fait d'*optimiser*, c'est-à-dire de transformer une source afin de maximiser la rapidité de fonctionnement du programme. » Bon sang, mais c'est bien sûr ! J'aurais dû y penser plus tôt. Je n'ai plus alors qu'à *optimiser* mon PC et mon site Web et j'obtiens : « En *optimisant* le dialogue et le partage de nos compétences, nous *optimisons* la valeur de nos relations communes. » Génial ! Et de plus en plus élémentaire, mon cher Watson… Puisqu'on fait allusion à un citoyen de sa soi-disant « Gracieuse Majesté », je voudrais rappeler sans avoir l'air d'insister qu'*optimiser* vient encore de l'anglais, en l'occurrence *optimal*. Mais que fait Scotland Yard ! ?

Opus

Spécial musique ! Avant, on parlait du dernier album d'un tel ou d'une telle. Eh oui, c'est nouveau, ça vient de sortir, on parle désormais du dernier *opus* d'Amy Winehouse, de Pete Doherty ou de Norah Jones surtout dans les pages de *Télérama* (« disques », mon Dieu, comme c'est vulgaire !), mais pas dans celles de *Gala* ou de *Voici*. Il est vrai qu'*opus*, à défaut de vous poser une voix, ça vous pose un homme. En fait, *opus* en latin signifie œuvre et, dans un catalogue de musicologie, désigne une composition dans l'œuvre d'un musicien. Exemple : concerto pour violon, *opus* 9 d'Antonio Vivaldi. En littérature, quand l'*opus* est grand, on dit que c'est un *magnum* et *Don Quichotte* est reconnu comme le *magnum opus* de Cervantès. Au sommet de l'échelle, hélas, on trouve l'*Opus Dei*, littéralement, « œuvre de Dieu »... Voilà qui me donne envie d'être un canard sauvage pour ne plus être un enfant du bon Dieu... Toujours est-il que, si j'ai bien compris, pour être à la page, il faut désormais que j'aille acheter mes disques au marché *opus*...

Percuter

Je *percute*, tu *percutes*, il *percute*, nous *percutons*, vous *percutez*, ils *percutent*. Vous en doutez ? Vous ne faites pas le rapprochement ? Alors vous ne *percutez* pas encore, mais vous *percuterez*, car, au train où ce verbe s'installe dans notre jargon familier, nous *percuterons* tous un jour ou l'autre. Voilà un mot bien à la mode et si on vous dit : « J'ai *percuté* », ne posez pas la question stupide : « Quoi ? Une fourmi ? Un car de police ? Un livreur de pizza ? Une petite vieille sur le passage clouté ? » Vous passeriez pour un demeuré. *J'ai percuté*, c'est : j'ai compris, mais pas dans le sens du général de Gaulle (qui n'aurait pas pu dire : « Je vous ai percutés. »). Là où moi je n'ai toujours pas *percuté*, c'est comment s'est formée cette métaphore à partir d'un terme bien concret, *percuter* (cogner, heurter, frapper). On n'a jamais vu des neurones se battre, les hémisphères droit et gauche du cerveau se cogner ou les méninges se tamponner. Je ne tilte vraiment pas. Pour les retardataires qui en sont restés à « je pige », « je tilte » signifie « je *percute* » qui lui-même veut dire « j'ai saisi ». Au fait, heureusement que les débats télévisés ne sont jamais enregistrés en direct sur un stand d'autotamponneuses... Sinon, vous imaginez le spectacle !

Point barre

Ah ! cette façon péremptoire qu'ont mes contemporains de conclure la moindre affirmation par ce retentissant *point barre*, d'un air qui laisserait presque entendre que si vous n'êtes pas d'accord, ils pourraient bien en venir à des coups de barre. *Point barre*... comme une barrière, que votre interlocuteur vous baisse brutalement au nez. Attention, au-delà de cette limite, on ne passe pas, et votre ticket n'est plus valable ! Évidemment, *point barre*, c'est plus politiquement correct que « si vous n'êtes pas content, c'est pareil » (à l'intention du délégué du personnel qui demande que les tickets-restaurant passent de 5,50 à 7,50 euros). Pourtant, naïf que j'étais, je jugeais « point final » ou « point à la ligne » largement suffisants. Mais peut-être ce *point barre* a-t-il une connotation vaguement informatique conférant à nos propos un zeste de *high-tech* indispensable par les temps qui courent. En fait, ce *point barre* me fait penser au langage en morse, pourtant abandonné depuis déjà quelques années – un morse qui, on le voit, n'est pas resté sans défense. Il ne resterait plus qu'à le mimer, comme on le fait déjà pour « entre guillemets », et l'on obtiendrait des dialogues dignes du langage pour sourds et muets...

Positiver

C'est bien connu, on « trouve tout » à la *Samaritaine* et dans les grands magasins, mais on ne s'attend pas à y trouver des mots nouveaux, tel l'inoubliable « avec Carrefour, je *positive* ». Le drame, c'est qu'à partir du moment où on se substitue au dictionnaire pour lancer un nouveau mot, il est difficile de revenir en arrière, surtout si en plus la « séguélattitude » a frappé ou plutôt a commencé à matraquer, publicitairement s'entend. Quand la machine est lancée, les exhortations à la « positive attitude » polluent notre vie pour nous faire oublier le pire de notre quotidien et ce d'une façon abracadabrantesque. La crise ? Les prisons ? Les expulsions ? Il faut *po-si-ti-ver* ! Vive la « force tranquille » ! C'est ce qu'on appelle du détournement de langage au service du politiquement incorrect, à moins que des petits malins n'essaient de nous démontrer que c'est en fait une devise du célèbre *Catéchisme positiviste* d'Auguste Comte. Non, je plaisante..

Problématique

Ça ne vous aura sans doute pas échappé, la *problématique* est partout. Il suffit de parcourir les journaux : la *problématique* des seniors, la *problématique* écolo, la *problématique* scolaire, la *problématique* iranienne, la *problématique* franco-française, la *problématique* clitorido-vaginale, que sais-je ? Les *problématiques* semblent donc envahir le monde et je n'étais pas au courant. La différence entre problème et *problématique* ? Elle est de taille, si on en croit encore notre bon vieux *Robert* : la *problématique* « prête à discussion », le problème est « une question à résoudre qui prête à discussion ». Nuance ! Vaste débat ! La différence entre un problème et une problématique... de robinets ? Difficile, mais je connais la réponse grâce à certaines fuites (*sic*). Plus sérieusement, la *problématique* c'est surtout la conséquence de ce goût affiné pour les mots de quatre syllabes (ou plus), tellement chics qu'ils vous confèrent un savoir que vous ignoriez posséder. Comme l'« opportunité » parée de vertus dont l'« occasion » est dépourvue, la *problématique* éblouit et relègue le « problème »... aux oubliettes.

Quelque part

« Il y a un malaise *quelque part.* » « *Quelque part,* au fond, la crise a peut-être du bon. » J'avoue que je suis quelque peu déboussolé par tous ces « *quelque part* » prononcés généralement d'un air pénétré, comme si nous étions au seuil d'une grande révélation ! « *Quelque part* », oui, mais où, au juste ? Vite, un GPS du *quelque part* ! Où suis-je, et dans quel état j'erre ? Plus que jamais, le flou est de rigueur. Eh oui ! Il y a un malaise *quelque part*, mais ne me demandez surtout pas où. C'est à vous de le deviner. Vous me répondrez que vous n'en savez fichtre rien, et que *quelque part* mon « questionnement » vous met mal à l'aise. Cela peut aller des états d'âme du participant à une émission littéraire qui affirme que *quelque part*, l'ouvrage écrit par l'invité remet en question notre mode de pensée, à votre voisin de palier qui vous affirme que « *quelque part*, le tri sélectif, c'est pas évident ». À vous de vous engager dans le labyrinthe des circonvolutions cérébrales de l'intéressé – dont ce *quelque part* sert surtout à suggérer la richesse et la complexité… Mais il ne doit pas pleuvoir beaucoup dans ce *quelque part*, car c'est un endroit où on ne se mouille pas.

IL Y A
UN MALAISE
QUELQUE PART
!!!
TITANIC

Que du bonheur !

Enfin une bonne nouvelle : le paradis est français. Comment pourrait-on en douter quand on entend partout : *Que du bonheur !* Votre séjour chez votre belle-mère ? *Que du bonheur !* Le nouveau disque de Carla ? *Que du bonheur !* Le 5 sur 10 en dictée de votre rejeton ? *Que du bonheur !* (Il aurait pu avoir 2.) Alors que la vente d'antidépresseurs bat des records, toutes les secondes un Français exulte : C'*est que du bonheur*. Ce *que du bonheur*, outre sa prolifération crispante digne d'un peuple lobotomisé, n'est pas ce qu'on pourrait appeler un bonheur d'expression. En effet, malgré sa félicité excessive, elle est construite comme une négation : ce n'est *que du bonheur*. Bref, c'est un cri de joie, mais sans la joie. Pourtant, je crois qu'il m'est arrivé à certains moments de ma vie, où l'espace d'une seconde tout semblait parfait, l'ombre d'un bel arbre, un bon livre, un bon vin, des bruits d'enfants pas trop proches mais pas trop lointains, d'être tenté de penser que ce n'était *que du bonheur*, mais c'était sans compter avec cette phrase de Prévert qu'une guêpe très agressive venait de me remettre en mémoire : « J'ai reconnu le bonheur au bruit qu'il a fait en partant. »

Rebondir

Flexibilité oblige, notre époque se fait élastique Désormais, j'ai cru comprendre qu'on ne répond plus aux propos d'un interlocuteur. Non ! On *rebondit* sur ce qu'il vient de dire. Je veux bien, mais soyons un peu logiques et installons les protagonistes d'un débat télévisé non plus dans des fauteuils, mais sur des trampolines qui leur permettraient de joindre le geste à la parole. *Rebondir* dans une époque décidément caoutchouteuse, c'est aussi, entre autres, repartir du bon pied, si j'ose dire, suite à une perte d'emploi. Il existe même un magazine éponyme dans lequel on vous proposera des adresses de recruteurs, voire de psychologues pour *rebondir* après un accident de moto qui vous a laissé paralysé des deux jambes, ou après une rencontre fortuite avec un pitbull qui vous a transformé en Elephant Man, ou encore, ce qui serait pire, que vous soyez ruiné suite aux méfaits du méchant Madoff. Bref, « il fait des bonds, il fait des bonds, le pierrot qui danse », aurait chanté Gilbert Bécaud ; certes, nous souhaitons à cet infatigable zébulon, comme il se doit, de ne pas finir par passer pour un c… comme la lune.

Référent

Les plus âgés d'entre nous, et moi le premier, se souviendront qu'il y a quelques années, voire plus, des mots comme « automobilable », « diversionnisme », « tractionnement », et j'en oublie, désespéraient les puristes de la langue française. Par bonheur, ils ont disparu. D'autres, par contre, décriés à leur apparition, sont devenus courants, tels « documentaliste », « parasiter », « actualiser », et certains moins esthétiques comme « covoiturage », « bioterroriste », « professeure » ou « double-cliquer » figurent aussi et malheureusement dans les dictionnaires.

Référent, lui, n'appartient pas à cette catégorie de mots fabriqués de toutes pièces. Alors qu'il était jusqu'à maintenant habitué au seul environnement élégant de la linguistique, il est de plus en plus utilisé pour caractériser une « personne pouvant transmettre une doléance particulière à la bonne personne, au bon organisme ». Affublé d'un bonnet verdâtre modèle Assistance publique, il hante désormais les hôpitaux et les bureaux de la Sécurité sociale à la recherche du fraudeur. Le problème n'est donc plus de déterminer si ça me chatouille ou si ça me gratouille, mais de vérifier si le bon docteur Knock est bien mon *référent*. En ce qui concerne l'humour, je confirme.

Relationnel

Vient de « relation » (on s'en serait douté...) auquel on a ajouté, allez savoir pourquoi, le suffixe adjectival « el ». Tout cela est bien compliqué, car bien avant cette innovation révolutionnaire, on faisait déjà du *relationnel*, mais on ne le savait pas, M. Jourdain le premier. À force de vivre en groupe, l'homme s'y connaît, en relations. Par contre, seul dans son cachot, le comte de Monte-Cristo ne risquait pas de faire du *relationnel*, mais c'est un cas extrême... L'homme en général peut entretenir des relations dans son travail, avec ses collègues, des relations amicales avec ses copains et des relations sociales avec ses voisins à condition d'avoir un bon *relationnel.*

Avant l'invention de ce mot hybride, on demandait simplement aux gens d'être sociables et ils comprenaient très bien ce que cela voulait dire. Certains étaient plus doués que d'autres ; ils avaient plus ou moins de charisme. Le Pen, hélas, a un bon *relationnel*, alors que Patrick Modiano est moins bon sur ce coup-là, et c'est dommage. À noter que certaines femmes bien « bustées » ont plus de *relationnel* que d'autres, car elles ont ce qu'on appelle de façon triviale « de la conversation »... Un conseil, évitez de faire des gorges chaudes de leur éloquence, vous risqueriez de vous faire pigeonner.

Ressortissant

Voilà un mot qui vient de « ressortir » et pour lequel je n'ai vraiment aucune sympathie tant je le trouve laid. Eh oui, il y a des mots laids. Comme son nom ne l'indique pas, *ressortissant*, qui ressemble à un participe présent, est bel et bien un nom, qui vient de « ressort ». Pas les ressorts défoncés des sommiers de nos grands-parents, mais dans un sens plus pointu qui définit un domaine de compétence : « Cette affaire est du ressort de la cour d'assises. » Nous y voilà ! Un *ressortissant* est celui qui est du ressort ou de l'autorité du pays d'où il est originaire. Mais attention ! Tintin en visite au Congo est un citoyen belge qui n'a pas le droit d'être labellisé *ressortissant.* À l'inverse, si les Dupondt décident de s'installer en Syldavie et d'y vivre, ils garderont la nationalité française et deviendront *ressortissants* français. C'est simple, non ? Je dirai même plus, c'est très simple. Ce qui est compliqué et carrément choquant, c'est d'entendre parler de *ressortissant* étranger : parce que c'est un pléonasme et parce que s'il dérange, on le reconduit à la frontière où Dieu, le pauvre, essaie de reconnaître les siens, mais heureusement ce n'est pas de mon ressort.

"MOLLET," C'EST UN MOT LAID ?

Sécuriser

Avec *sécuriser*, c'est une ambiance de jeux vidéo qui s'installe dans notre vie quotidienne. Je note avec amusement qu'à en croire encore *Le Petit Robert*, c'est d'abord « apporter un sentiment de sécurité, de confiance en soi ». Avouez qu'il y a de quoi être dubitatif : quand on se retrouve nez à nez avec des créatures casquées, lunettées, bardées d'engins meurtriers, on éprouve un sentiment de confiance relatif. Demandez entre autres aux Irakiens, aux habitants de la bande de Gaza ou aux contestataires du G20 ce qu'ils en pensent. Mais qu'importe ! Le *périmètre de sécurisation* (deux termes indissociables) tend à s'étendre toujours plus. L'emploi, le pouvoir d'achat, les comptes en banque, l'accès à Internet, les rapports sexuels (n'en déplaise à Benoît XVI), en attendant le local aux ordures de mon immeuble et la personne qui en a la charge, tout est *sécurisé* ou du moins – nuance de taille – censé l'être. Bref, cet appétit sécuritaire a, hélas, encore de beaux jours devant lui, mais certainement pas pour tout le monde.

NE CRAIGNEZ RIEN, VOUS ÊTES DANS UNE ZONE SÉCURISÉE

S'inscrire en faux

Décidément, la vie ressemble de plus en plus à un labyrinthe administratif. Il faut s'inscrire, ou être inscrit, à (ou en) tout. À la crèche, au collège, au lycée, à la fac, à la Sécurité sociale, sur les listes électorales, à l'ANPE et à toutes sortes de clubs et autres associations aussi divers que variés. Après « la vie, mode d'emploi », bienvenue à « la vie, formulaire ». Et ne voilà-t-il pas que désormais, il est vivement conseillé de *s'inscrire en faux* ! Par rapport à une attitude, à des propos, à des opinions, etc Il ne suffit plus de ne pas être d'accord avec quelqu'un (cela devait être trop simple au niveau de la formulation), il faut *s'inscrire en faux* par rapport à lui. Jusqu'à présent, on ne vous remet pas encore, lorsque vous pénétrez sur le plateau d'un débat télévisé ou l'estrade d'un meeting politique, de formulaire qui vous permettra de vous *inscrire en faux* contre X ou Y… Et comme le malheur des uns peut faire le bonheur des autres, un faussaire ou un contrefacteur quelconque pourra toujours invoquer pour sa défense le fait qu'il s'est inscrit à Sciences-faux. Au point où on en est ! Mais tout cela ne concerne pas la Grande Faucheuse, *inscrite en faux* aussi imprescriptiblement qu'indéfiniment..

Senior

À en croire les statistiques, nous sommes en train de passer d'un monde de « jeunes » à un monde de « vieux ». Les *seniors* représentant en effet plus d'un tiers de la population française, seraient-ils les seuls à pouvoir encore se payer des croisières et du foie gras à Noël ? Le *senior*, accusé de tous les maux (profiteur d'après-guerre), est devenu une cible commerciale. *Senior* à la plage, *Senior* monte à cheval, *Senior* apprend à nager, *Senior* au parc, *Senior* chez le dentiste, *Senior* au lit. Il n'a pas d'âge, car il aime son âge, cet imbécile : plus il vieillit, plus il apprécie d'être cerné (Ipsos Observer, Observatoire des *seniors*, etc.). Il est même, comme les prostituées, en carte. Mais on n'en a pas fini avec lui : il prend des compléments alimentaires, du Viagra, va à l'université du troisième âge et fait du sport.

Je n'ai pas envie d'être un *senior*, je veux être un vrai vieux, râleur, radoteur, grand-papa gâteau et gâteux, un « vieux jeton » pour finir à un âge double de l'âge canonique en respectable vieillard avec une tête à la Victor Hugo. Et de grâce, qu'on me rende ma carte vermeil, cette couleur qui fait penser à l'argent doré et me bercera d'illusions sur le montant de ma retraite.

Signal fort

Au fond, c'est un peu comme « interpeller ». Même dérive sécuritaire, mais cette fois tendance code de la route. On n'avertit plus, on ne sanctionne plus : on envoie un *signal fort*, de préférence destiné aux hommes politiques, généralement par voie électorale. L'ennui, c'est que la suite des événements montre une tendance affirmée au daltonisme de la classe politique. Car un *signal fort*, cela implique un signal au rouge, ou tout du moins un panneau stop, pour les communes les plus reculées. Or, dans bien des cas, tout se passe comme si ledit signal était au vert : on marque le coup, on effleure la pédale de frein... et puis on continue, comme si de rien n'était. La « France d'en bas » en sait quelque chose. Bref, un clignotant à l'orange, qui présente l'incontestable avantage de pouvoir être interprété de toutes les façons – généralement, entre « ça passe » ou « ça casse », on retient la première. Ce ne sont pas vos voisins, respectivement acquéreur d'une BMW pour le premier (qui vote UMP) et d'un vélo pour le second (lui est plutôt socialiste, tendance Delano-Ségo), qui diront le contraire.

Sociétal

Je ne suis pas antisocial, loin s'en faut, mais je suis résolument anti*sociétal*, car je vais être obligé de me munir d'un dictionnaire pour lire mon journal le matin au café du coin… Paul Guth, qui écrivait : « Notre langue de princes est devenue un idiome de clochard, un sabir de poubelles, où des loques de frangalis s'accrochent à des débris de parlers journalistico-radiophonico-télévisuels », ne croyait pas si bien dire. D'ailleurs, dans la famille « franglais », je demande *sociétal* qui pour l'instant ne bénéficie que de quelques mots dans le *Larousse* : « Qui se rapporte aux divers aspects de la vie sociale des individus, à ses valeurs, à ses institutions », mais qui nous a déjà fait de beaux enfants : « sociétalisme », « sociétaliste » et même « écosociétalisme » imaginé par un certain Holbecq, lequel partage avec son quasi-homonyme Michel une propension pour « l'extension du domaine du vocabulaire ». Si l'« écosociétalisme » préconise l'épanouissement de l'individu, que la Sécurité *sociétale* en profite donc pour réduire le montant des cotisations.

Solutionner

Pourquoi utiliser un mot aussi tarabiscoté alors qu'il est aussi simple de dire « résoudre » ? Sans doute pour contourner une difficulté de conjugaison : il résoud, il résout ou il résoue ? Vous résolverez ou vous résoudrez ? Que vous résolussiez ou que vous résoudussiez ? Alors qu'avec *solutionner*, verbe du premier groupe, la solution coule de source, puisqu'il contient la... solution. Si on ne résout plus les équations, si on ne dénoue plus les énigmes et qu'on préfère les *solutionner*, c'est encore la faute à la perfide Albion. Jean Favier, en parlant du franglais, disait d'ailleurs : « Ce n'est pas week-end qui est dommageable, c'est *solutionner*. » Cette fâcheuse tendance à « verbaliser » les mots en « ion » nous vient encore une fois d'outre-Manche qui, non contente de ne pas adhérer à l'euro, voudrait bien « désunionner » l'Europe. Ne nous illusionnons pas, cela viendra.

Spécificité

Ce qu'il y a d'étrange, par les temps qui courent, c'est que plus on nous parle de globalisation, d'universalité, et j'en passe, et plus on nous rebat les oreilles à grands coups de *spécificité*, cette cousine germaine de l'exception. La *spécificité*, il est vrai, ça a tout de même une autre allure que les cas particuliers et les particularités que plus personne ne finissait par remarquer. Déjà, en bouche, *spé-ci-fi-ci-té*, ça vous a un côté martelé, quasi définitif. Oui, c'est spé-ci-fi-que, allez hop ! circulez, sinon gare ! Au demeurant, je reconnais à cette *spécificité* une authentique capacité d'universalité. Corses, Basques, intégristes, buralistes, marins pêcheurs, accros de la nourriture bio, vendeurs de muguet, adeptes du Vélib' ou de la position d'Andromaque… à chacun sa *spécificité* ! Ce qu'il y a d'amusant, dans l'histoire, c'est que ces *spécificités* en tout genre prolifèrent sur fond de *consensus*, autre terme clé de notre époque. Vous verrez qu'un jour, on nous parlera de la *spécificité d'un consensus*…

Surfer

Depuis quelque temps, n'en déplaise aux rois de la planche à Hawaii ou en Californie, il apparaît que la meilleure façon de *surfer,* surtout si on a peur de l'eau, c'est sur Internet. C'est super, sans risque et on est au sec ! Surfer sur Internet, c'est aussi naviguer sur la Toile. Toujours est-il qu'aujourd'hui on ne maîtrise plus, on *surfe* tous azimuts. Par exemple, quand un dirigeant se laisse porter par une conjoncture favorable, il *surfe.* Si ça se met un peu plus à tanguer, il ne *surfe* plus, il navigue en s'adaptant aux circonstances et en évitant de couler. Pour cela, il faut tenir la barre en se jouant des vagues. Décidément, on ne sort pas de l'univers aquatique… et pourquoi pas sauver les femmes et les enfants d'abord, quitte à faire dériver les métaphores aquatiques ? Mais il y a sûrement des gens qui se foutent du surf. Ils mènent leur barque tout seuls et, pour éviter de couler, éternels Shadoks, ils sont condamnés à ramer.

Syndrome

À l'origine, le *syndrome*, c'est « l'association de plusieurs symptômes constituant une entité clinique reconnaissable » et, par extension, nous précise M. Robert, « l'ensemble des signes révélateurs d'une situation jugée mauvaise ». A *priori*, que je sache, qui dit « entité clinique » dit maladie, patient, hôpital, etc. Parmi les *syndromes* les plus bizarres, je note celui de Münchhausen. Les malades atteints de cette affection simulent, paraît-il, des affections pour être hospitalisés et subir des opérations inutiles ! Plus connu et moins médicalisé, celui de Stockholm qui fait que certains otages cherchent à embrasser leurs geôliers… sur la bouche. Soit ! Mais il se trouve que le *syndrome* se généralise, se « démédicalise » et se déchaîne : *syndrome* de la vie chère, de la baisse du pouvoir d'achat, des 35 heures, des OGM, de l'insécurité, de la vache folle, du cochon grippé, comme si notre société n'était plus qu'un grand corps malade À quand le syndrome Sarkozy qui consisterait à mettre des talonnettes pour se hisser du col ? Message personnel : *syndrome*, prie pour nous et, tant qu'à être sympa, délivre-nous de toi !

T'es où ?

Encore un bienfait du téléphone portable ! Avec lui, cette question est devenue un réflexe, et la mobilité une évidence. Autrefois, on était assigné à résidence et on se téléphonait sur des « fixes ». Mais, délocalisation oblige, vous pouvez être maintenant à côté de votre interlocuteur ou carrément au Tibet. Vous pouvez aussi raconter ce qui arrange amants et maîtresses, à condition de surveiller les bruits de fond (mouette, haut-parleur d'aéroport, bouchon de champagne qui saute, etc.). *T'es où* a son domaine de prédilection : l'arrivée en gare quand tout le monde est déjà sur le quai, le portable dégainé. Les réponses sont aussi futées qu'originales : « J'arrive à la gare », « Je descends du train », « Je te vois », « On a trente secondes de retard » sont mes préférées. Mais tout cela a une fin, grâce au GPS bientôt disponible sur les téléphones mobiles. Il suffira de lire les coordonnées géographiques, 30° 20' de latitude Nord et 12° 66' de longitude Est. Ouf !

Tout à fait

Une fois n'est pas coutume, je vais essayer d'être clair en faisant un exposé aussi cohérent qu'implacable pour démontrer l'absurdité qui consiste à utiliser *tout à fait* à tout bout de phrase pour dire tout simplement : « Oui. » A *priori*, « oui », c'est le contraire de « non ». *Tout à fait* veut dire « entièrement » ou « exactement ». En conséquence, si on vous demande : « Êtes-vous d'accord avec la politique de non-prolifération des gaz à effet de serre, type flatulences bovines, prônée (la politique, pas les flatulences) par la secrétaire d'État à l'Environnement ? », vous avez la possibilité de répondre : « Non », « Oui » ou « *Tout à fait* ». Mais si vous demandez à la boulangère s'il lui reste une baguette et qu'elle vous répond : « *Tout à fait* », changez de boulangerie. Même motif, même punition, si d'aventure, au mariage de votre nièce, vous entendez son époux répondre : « *Tout à fait* » lorsque le maire lui posera la question rituelle : « Voulez-vous prendre pour épouse, etc. », changez vite de neveu. Vous l'avez compris, je suis en effet pour la non-prolifération du *toutafisme* ambiant, surtout lorsqu'il commence à polluer sa propre famille.

Traçabilité

Si une vache britannique n'avait pas, il y a quelques années, perdu la raison, on n'aurait sans doute jamais entendu parler de cette *traçabilité* supposée reconstituer l'historique d'un produit ou d'un individu.

Voilà qu'à cause de cette vache folle, nous nous mettons à douter de tout, pis *(sic)*, de nos propres origines, et nous avons même recours aux tests ADN pour vérifier si on peut appeler son père « papa ». La suspicion est partout et l'industrie alimentaire, qui s'y connaît pour faire son beurre, en profite pour nous faire consommer comme elle l'entend en nous invitant à jouer les Sherlock Holmes de supermarchés et à reconstituer l'histoire de notre steak. L'animal a-t-il passé sa vie à ruminer ? Était-il blanc taché de roux, nourri en plein air ? Élevé sous une mère française depuis au moins douze générations ? Et si d'aventure, notre steak a été nourri au biberon, êtes-vous sûr qu'il a bien été « mis en bouteille à la propriété » ? Bref, la *traçabilité* rend fou et en plus elle se fout de la chronologie qu'elle prend à rebrousse-poil, comme l'a si bien montré Gustave Courbet avec *L'Origine du monde*.

42000 06200
42000 06200

Usager

Il existe deux catégories de voyageurs : les passagers et les *usagers*. Les passagers ne font jamais parler d'eux. Ce sont des habitués de la trilogie métro-boulot-dodo et ils se transforment en voyageurs, voire en « grands voyageurs » (par la grâce de la SNCF) quand le trajet est plus long. Mais lorsque la machine (à vapeur...) s'enraye, ils deviennent des *usagers*. Pour les médias, l'*usager* est celui qui est dans le pétrin social (grèves) ou conjoncturel (départ en vacances). De plus, contrairement au promeneur qui peut rêver en solitaire, l'*usager* est grégaire. Il est pluriel. On repère vite les *usagers*, ce sont ceux qui bivouaquent sur un quai de gare ou dans un hall d'aéroport ; échevelés, livides au milieu des valises, ils n'en peuvent plus d'attendre. Ils devraient faire usage de patience, mais sont las d'être là... Heureusement, comme ils savent qu'ils passent à la télé, ça les console un peu. Et lorsque la situation se débloque, ils redeviennent des voyageurs... avec ou sans bagages.

Voilà

J'aime bien *voilà* quand on l'utilise à bon escient et je pense que cette malheureuse préposition cumulant déjà les emplois n'avait pas besoin qu'on lui en ajoute. On l'utilise en veux-tu en *voilà*: après un pronom personnel, « Ah ! te *voilà* » ; comme exclamatif, « En *voilà* un crétin ! » ; en interjection, pour répondre à un appel, « *Voilà*, j'arrive ! » ; pour exprimer une durée, « *Voilà* trois ans » ; une circonstance nouvelle, « Tout à coup, *voilà* qu'elle se met à hurler »... Quand les participes, substantifs, adverbes, propositions sont en RTT, *voilà* les remplace... alors que « voici », assez paresseux, pourrait de temps à autre voler à son secours.

Mais mon propos va surtout à tous ces interviewés qui n'ont rien à dire et qui ponctuent chaque phrase par *voilà*. Ils arrivent à placer un *voilà* toutes les dix secondes. « Et *voilà*, le matin je conduis mes enfants à l'école, et *voilà*, je suis une mère comme les autres. » *Voilà*, la nouvelle virgule de la conversation. Et *voilà*, c'est fini !

Vous voyez ce que je veux dire

Eh bien, justement non ! Je ne vois rien du tout, mais alors ce qui s'appelle rien du tout ! Et en plus je suis persuadé que mon interlocuteur lui non plus ne comprend absolument pas ce qu'il veut me dire et qu'il veut me faire partager son embarras. En clair, il me signifie qu'il s'est mélangé les pinceaux et que je dois me débrouiller. À moi d'essayer de comprendre et tant pis si je suis largué. Autre version, beaucoup plus perfide, qui traduit une certaine lâcheté quand on n'a pas envie de prononcer des mots qui fâchent, des mots qui tuent : « Ma belle-mère vient passer le week-end, *tu vois ce que je veux dire…* » ; ou encore : « Je trouve que Jean-Robert et Anne-Charlotte… Bref, *tu vois ce que je veux dire…* » Pire : « Je trouve que Jean-Robert et Jean-Jacques… Enfin… *tu vois ce que je veux dire…* »

À nous d'interpréter maintenant ce qu'on veut nous dire à travers cette expression bâtarde qui nous force en fait à solliciter notre imagination, mais dans tous les cas de figure, il n'y a pas à chercher bien loin, ces sous-entendus sont toujours malsains, si *vous voyez ce que je veux dire*

Y a pas de souci !

Si, justement, il y en a ! Avec cette interjection qu'on a amputée du pronom *il*, notre interlocuteur, vendeur ou fonctionnaire, veut nous rassurer et, à l'entendre, tout se passera bien : nous serons livrés ou dépannés à temps. Mais nous aurions tort de prendre cette phrase à la lettre : l'emploi du présent de l'indicatif devrait nous mettre la puce à l'oreille. On devrait au moins dire, *y aura pas de souci.*

Y a pas de souci, c'est l'ancien « il n'y aura pas de problème » transformé en « y a pas de problème », puis, en plus lapidaire, « pas de problème », pour finir en polyglotte de base, *no problem*, quand ce n'est pas *no problemo*. Un souci, c'est une inquiétude, un tracas ; un problème, c'est une difficulté, une complication. Ce n'est pas parce qu'il y a un problème qu'il y a obligatoirement un souci en embuscade. C'est en plus une question de hiérarchie, car dans la famille « souci », le plus concerné, c'est encore le cadet ! Allez savoir pourquoi...

Dormez bien, braves gens : *y a pas de souci*, on s'occupe de tout. Tout est *under control*, comme ils disent outre-Manche.

Y a pas photo

Le sport fournit de plus en plus d'expressions imagées, qui ne sont pas toujours de très bon goût Pour les turfistes, même aguerris, savoir sans se tromper qui a franchi la ligne en premier n'est pas aisé et la seule possibilité vraiment fiable est d'analyser les photographies prises à l'arrivée, pour repérer quelle paire de naseaux ou de sabots a été la première à passer la ligne. Si le résultat est évident, on dit: *Y a pas photo*. Ce *Yapafoto*, avec son petit air japonais, est maintenant utilisé à propos de tout et de rien: caleçon ou slip, *y a pas photo*; Miami ou La Tranche-sur-Mer, *y a pas photo*; Hédiard ou Franprix, *y a pas photo*; Cécilia ou Carla, *y a pas photo*.

Le ton catégorique de l'énoncé est insupportable car totalement fermé à la discussion. Arrêté sur l'autoroute parce qu'ayant dépassé de 2 km/h la vitesse autorisée, on demande en tremblant au gendarme: « *Y a pas photo ?* – Si justement ! » répond le pandore, sûr de son bon droit. On connaît la suite. Une chose est sûre, entre Cartier-Bresson et Doisneau, Newton et Lartigue, *il n'y a pas photo*, mais des images éternelles. Voilà qui nous rassure.

Zéro

A priori, je donne déjà à tous ceux qui l'emploient inconsidérément un *zéro* pointé. Nous avons en catalogue le « risque *zéro* » qui est une absence de risque, expression très souvent utilisée par les « Madoff » et que n'oublieront pas de sitôt ceux qui, justement, possédaient un compte en banque à « six *zéros* » et qui le retrouvent à… *zéro*. Notre époque adepte du principe de précaution généralise le « risque *zéro* » : *zéro* alcool, *zéro* cigarette, *zéro* MST, *zéro* pesticide, *zéro* accident. En catalogue également, le « *zéro* défaut » qui s'applique aussi bien aux produits et à l'organisation (selon la formule « *zéro* stock, *zéro* délai, *zéro* panne, *zéro* défaut, *zéro* papier » de Marcelle Stroobants) qu'à l'être humain. La chirurgie esthétique et les diverses crèmes anti-imperfections nous font des physiques « *zéro* défaut ». Alors, oui, pourquoi pas, aux expressions imagées telles que « avoir le trouillomètre ou la boule à *zéro* », mais non, trois fois non, à cette nouvelle philosophie du *zéro* avec « ses croissances *zéro* » qui est vraiment le degré triple *zéro* de la « parlure » comme disent nos amis québécois.

DU MÊME AUTEUR

La Théière de Chardin : jeux de noms
(en collaboration avec Gilbert de Goy, illustrations de Clab)
Garnier, 1979

Agenda du V.I.P. (Very Important Person)
Garnier, 1981

Almaniaque de la France profonde
AMP Éditions, 1982

La Khomenie du pouvoir
Scorpio, 1982

Sky my husband !
Ciel mon mari !
Hermé, 1985

Mon carnet secret F.M.
(illustrations de Michel Boucher)
Carrère, 1986

FDG, Le Guide du Futur Directeur Général
(en collaboration avec Marie Garagnoux,
illustrations de Yan Nascimbene)
Hermé, 1986

Culture + : un livre-jeu pour tester vos connaissances
(en collaboration avec Marie Garagnoux
et Patrick Michel Dansac)
Carrère, 1987

Les Meilleures Histoires de bonnes manières
et autres préceptes auxquels vous avez échappé !
Carrère, 1987

Sky ! my teacher : cours d'anglais très particulier
(illustrations de Clab)
Carrère, 1987, 1988

Culture + : préparez le bac en jouant
(en collaboration avec Marie Garagnoux
et Patrick Michel Dansac)
Carrère, 1988

Almanach Hachette 1989
Hachette Pratique, 1988

Heaume sweet home
Dictionnaire illustré des homonymes franco-anglais
Harrap, 1989

Almanach Hachette 1990
Hachette Pratique, 1989

L'Agenda du Jet set
Le Cherche-Midi, 1990

Almanach Hachette 1991
Hachette Pratique, 1990

Édouard, ça m'interpelle !
Le français nouveau est arrivé
(en collaboration avec Pascale Leroy)
Belfond, 1991

Le dictionnaire des mots qui n'existent pas
(en collaboration avec Nathalie Kristy,
illustrations de Gilles Bachelet)
Hors Collection, 1992
et « Pocket », n° 4305

Un si gentil petit garçon
mémoires
Payot, 1992
et « Points », n° P1912

L'Anglais saugrenu
(dessins de Christine Géricot)
Payot, 1993
et « Points », n° P20

Sky Mr. Allgood ! Parlons français avec M. Toubon
Mille et Une Nuits, 1994

Quarante ans et après...
Le livre de ma vie
Hors Collection, 1994

Y a-t-il une courgette dans l'attaché-case ?
Comment parler anglais en parlant français
Belfond, 1994

Élysée, première année : cours élémentaire
Jean-Claude Lattès, 1995

Sky! my friend : petit traité de la mésentente cordiale
(en collaboration avec Mike Sadler,
illustrations de Harvey Stevenson)
Robert Laffont, 1995

Victoria en son temps
(en collaboration avec Alain Beaulet)
Fontaine/Mango Jeunesse, 1996

Le Nouveau Guide du VIP
(Very Important Prisonnier)
Archipel, 1996

J'apprends l'anglais avec la Reine
(dessins de Clab)
Payot, 1997
et « Le Livre de poche », n° 8197

Rien à foot
(illustrations de Cabu)
Mille et Une Nuits, 1998

La Femme du train
roman
Anne Carrière, 1998

Sky my husband ! 2 : the return
(illustrations de Clab)
Hermé, 1998

Et si on appelait un chat un chat ?
Le correctement incorrect
Mots & Cie, 1999

Ad aeroportum ! (À l'aéroport !)
Le latin d'aujourd'hui
Mots & Cie, 1999

Le Cafard laqué : les mots-portemanteaux
Mots & Cie, 1999

Nouilles ou pâtes ?
Le bon sens des mots
Mots & Cie, 1999

Mes perles de culture : un catalogue déraisonné
Mots & Cie, 2000

Wit spirit vol. 1 : L'humour anglo-saxon
Mots & Cie, 2000

L'Almanach Chiflet 2001
Mots & Cie, 2000

Ciel ! Blake : dictionnaire français-anglais
des expressions courantes
Sky ! Mortimer : English-French
dictionary of running idioms
Mots & Cie, 2000

Wit spirit vol. 2 · L'humour anglo-saxon
Mots & Cie, 2001

Roger au pays des mots
(illustrations de Cabu)
Mots & Cie, 2001

On ne badine pas avec l'humour :
de l'humour et de sa nécessité
(en collaboration avec Maryz Courberand)
Mots & Cie, 2001

Schtroumpfez-vous français : les schtroumpferies
de la langue française
Mots & Cie, 2002

Antigone de la nouille
Mots & Cie, 2002

J'ai un mot à vous dire : un mot se raconte...
Mots & Cie, 2002

Réflexions faites... et autres libres pensées
Mots & Cie, 2003

Le Mokimanké : le dico des mots qui existent enfin !
(en collaboration avec Nathalie Kristy)
Mots & Cie, 2003

Malheur au bonheur !
Le guide du sous-développement personnel
Mots & Cie, 2004

Nom d'une pipe ! : dictionnaire français-anglais
des expressions courantes (2)
Name of a pipe ! : English-French dictionary
of running idioms (2)
Mots & Cie, 2004

Petit Dictionnaire des mots retrouvés
(préface de Jean d'Ormesson)
Mots & Cie, 2004

L'Agenda du V.I.P.
Mots & Cie, 2004

Le Diconoclaste : dictionnaire espiègle et saugrenu
Chiflet & Cie, 2005

Loftum Vaticanum : le vade-mecum du conclave
(en collaboration avec Lise Fitaire et Anne Camberlin)
Chiflet & Cie, 2005

So irresistible ! Deux siècles d'humour anglo-saxon
Chiflet & Cie, 2005
et « J'ai lu », n° 8242

So incredible ! Toujours plus d'humour anglo-saxon
Chiflet & Cie, 2006

The New Yorker : les meilleurs dessins
sur la France et les Français
Éditions des Arènes, 2006

Le Coup de Chiflet
Chiflet & Cie, 2006

Les mots qui me font rire
et autres cocasseries de la langue française
Points, « Le Goût des mots », 2007

The New Yorker, les dessins inédits
Éditions des Arènes, 2007

Comment résister aux fêtes de fin d'année
Chiflet & Cie, 2007

... Suites et fins
Chiflet & Cie, 2008

Sky my husband! the integrale
Dictionary of the running English
Ciel mon mari! l'intégrale
Dictionnaire de l'anglais courant
(illustrations de Pascal Le Brun)
Éditions Points, 2008

Porc ou cochon : les faux-semblants
Chiflet & Cie, 2009

RÉALISATION : PAO ÉDITIONS DU SEUIL
IMPRESSION : CPI – FIRMIN DIDOT AU MESNIL-SUR-L'ESTRÉE
DÉPÔT LÉGAL : NOVEMBRE 2009. N° 100144-6 (99010)
Imprimé en France

DANS LA MÊME COLLECTION

Derniers titres parus

L'Art de la ponctuation,
Le point, la virgule et autres signes fort utiles
Olivier Houdart et Sylvie Prioul

La ponctuation est un art délicat. On l'utilise parfois sans y réfléchir, un peu comme Monsieur Jourdain faisait de la prose sans le savoir. Sur un ton résolument badin, deux correcteurs professionnels proposent une approche décomplexée de cette indispensable « petite science ».

Points n° P1803

À mots découverts
Chroniques au fil de l'actualité
Alain Rey

Pendant des années, Alain Rey a enchanté les matins de France Inter avec sa chronique « Le Mot du jour », érudite et réjouissante. De « mouton » à « utopie » en passant par « gendarme », Alain Rey nous raconte l'étrange aventure des mots de tous les jours, avec cette finesse toujours espiègle qui n'appartient qu'à lui.

Points n° P1804

1 000 mots d'esprit
Les meilleures citations de Confucius à Woody Allen
Claude Gagnière

De A comme « absurde » à Z comme « zoo », voici plus de 1 000 citations inattendues, surprenantes, poétiques, amusantes, célèbres ou inconnues. En quarante années de lectures, de rencontres ou d'amitiés, Claude Gagnière a relevé toutes les phrases qui furent l'occasion de coups de cœur, de révoltes ou de fous rires devant l'absurdité et les mystères du monde.

Points n° P1869

Le Petit Grozda

Les Merveilles oubliées du Littré

Denis Grozdanovitch

Denis Grozdanovitch est inclassable. Ancien champion de tennis reconverti en un extraordinaire écrivain, il recueille depuis des années dans ses carnets les mots rares et étonnants du Littré que l'usage et la langue se sont permis d'oublier. « Battant-l'œil », « passe-colère » ou « tartouillade » sont ici ressuscités dans un dictionnaire merveilleux et incongru, à ranger au plus vite aux côtés du Petit Larousse ou du Petit Robert.

Inédit, Points n° P1870

Encore des mots à découvrir

Nouvelles chroniques au fil de l'actualité

Alain Rey

Qui dit Alain Rey dit linguiste espiègle. Amoureux de la langue, il la courtise avec frénésie, la déshabille, sonde ses secrets étymologiques les mieux gardés. Sa chronique « Le Mot du jour » a fait les beaux matins de France Inter. En voici quelques-uns des plus fameux réunis dans ce second recueil savoureux, après *À mots découverts*.

Points, n° P1920

Le mot qui fait mouche

Dictionnaire amusant et instructif des phrases les plus célèbres de l'histoire

Gilles Henry

Le sens de la formule n'était-il pas la force de Napoléon : « Impossible n'est pas Français » ? Se souviendrait-on de la bataille de Fontenoy sans la fameux : « Messieurs les Anglais, tirez les premiers ! » ? De l'histoire de France à l'histoire de la langue, il n'y a qu'un mot ! Ce petit dictionnaire décrypte des centaines d'épisodes qu'un mot bien senti a immortalisés.

Points, n° P1921

Ma grand-mère avait les mêmes

Les dessous affriolants des petites phrases

Philippe Delerm

« Ce ne sont pas des passionnés de la brocante. Ils hésitent à s'enquérir du prix d'une paire de fauteuils, de couverts en argent. Ils s'éloignent de quelques pas, s'annoncent le prix revendiqué, et l'un deux lance alors : "Ma grand-mère avait les mêmes !" Cela tombe comme une critique de ce marché de dupes où les choses sont vendues infiniment trop cher. » Derrière ces petites phrases toutes faites : « On ne vous fait pas fuir au moins ? », « C'est maintenant qu'il faut en profiter », Philippe Delerm démasque les hypocrisies et met à nu l'émotion.
Inédit, Points, n° P2000

Le français dans tous les sens

Grandes et petites histoires de notre langue

Henriette Walter

Qui connaît l'origine du mot « bureau » ? La bure, étoffe grossière protégeant un meuble, a vécu bien des aventures avant de devenir un espace de travail…

La langue française, réputée si formelle, recèle d'innombrables histoires méconnues, parfois rocambolesques, souvent inattendues, toujours riches d'enseignement.

Du français des Canadiens à celui des Belges, sans oublier le passage à la postérité du comte de Sandwich, Henriette Walter décortique amoureusement les subtilités de notre langue bien-aimée.

Points, n° P2001

Bonobo, gazelle et cie

L'étonnante histoire des noms d'animaux sauvages

Henriette Walter et Pierre Avenas

Les animaux font la loi… dans le dictionnaire ! Le mot « rat », par exemple, a creusé un dédale de galeries lexicales. On se perd, de « rat de bibliothèque » en « rat des champs », de « queue de rat » en « rat d'hôtel »… À l'autre extrême, l'ours nous réserve bien des surprises étymologiques. Saviez-vous que l'inoffensif prénom Bernard signifie en fait « fort comme un ours » ?

Points, n° P2002

Les Expressions de nos grands-mères
Marianne Tillier

Tout le monde connaît l'expression « En voiture Simone ! »... Mais saviez-vous que la formule complète est « En voiture Simone, c'est moi qui conduis, c'est toi qui klaxonnes ! » ? On la doit à l'engouement suscité par Simone-Louise de Pinet de Borde, une des premières femmes à avoir participé à des rallyes automobiles ! « Rhabiller les gamins, se faire chanter Ramona, manger à s'en faire péter la sous-ventrière, s'en jeter un derrière la cravate »...

Entendues dans la bouche de nos grands-mères, ces expressions imagées et délicieusement drôles, au parfum de nostalgie, nous rappellent combien le français est une langue vivante et inventive.

Inédit, Points, n° P2036

Catalogue des idées reçues sur la langue
Marina Yaguello

« La diversité des langues, souvent perçue comme une malédiction, en particulier par les utopistes inventeurs de langues universelles, est en fait une richesse, un trésor dont nous n'avons pas fini de faire l'inventaire. » Chaque forme de langage est considérée comme une source irremplaçable de culture, et l'invraisemblable richesse, la formidable diversité des langues sont célébrées avec un plaisir contagieux.

Points, n° P1244

Sky my husband ! The integrale
Jean-Loup Chiflet

Ne soyez pas étonnés si en utilisant « la méthode Sky » aucun Anglais ne vous comprend ! Jean-Loup Chiflet a une manière toute personnelle de traduire les expressions françaises en langue anglaise. Ainsi, « Chouchou » devient « cabbage-cabbage » et une « Marie couche-toi-là » se transforme en « A-Mary-go-to-bed » ! Mais que l'on se rassure, ce manuel aussi surprenant qu'hilarant contient aussi la traduction exacte de toutes ces locutions joyeusement écorchées !

Points, n° P2037

Les Plus Belles Lettres du professeur Rollin

Ou comment écrire au roi d'Espagne
pour lui demander la recette du gaspacho

François Rollin

Le professeur Rollin, homme de lettres et de verve, est aussi grand pédagogue. Il a souhaité rédiger pour nous cinquante-neuf modèles de lettres, toutes absurdement indispensables, qui nous permettront d'écrire au roi d'Espagne pour lui demander sa recette du gaspacho ou d'envoyer une lettre de candidature à un boulot pas fatigant et très bien payé… Tout cela avec un souci constant du mot juste, et de la dérision érigée en art.

Points, n° P2101

Répertoire des délicatesses du français contemporain

Cnarmes et difficultés de la langue au jour

Renaud Camus

Exactitude étymologique d'une part, réalité linguistique qu'on ne peut ignorer de l'autre : la langue vit, se tord, oublie ses nuances, se les réapproprie quelquefois au détour d'un usage. La leçon de Renaud Camus ? S'immiscer dans le secret des mots, dans les rouages les plus délicats de notre grammaire, goûter au plus près les subtilités exquises de la syntaxe, donner accès à la véritable jouissance du parler et de l'écrit.

Points, n° P2102

L'Amour du français

Contre les puristes et autres censeurs de la langue

Alain Rey

La langue française est-elle proche de l'agonie ? Est-elle menacée par les assauts du franglais et des SMS ? Telle est la prophétie de nombreux puristes et autres censeurs. Alain Rey entreprend de dépasser les vaines querelles pour affirmer son amour du français : une langue bien vivante que l'on peut d'autant mieux défendre que l'on connaît son histoire.

Points, n° P2151

Un mot pour un autre

Les pièges des paronymes

Rémi Bertrand

Armé d'un solide sens de l'humour et d'un goût certain pour les mots, Rémi Bertrand nous propose le guide indispensable pour démasquer les « faux jumeaux » de la langue française. Grâce à lui, plus de confusion possible entre « perpétrer » et « perpétuer », « rebattre » et « rabattre », « collision » et « collusion »… L'heure d'une langue juste et précise a sonné !

Points, n° P2238

Le Grand Bêtisier des mots

Les plus belles perles d'Aristote à Pierre Desproges

Claude Gagnière

Dans cette compilation qui oscille entre humour et érudition, les mots sont légers, malins et mutins. Ils nous divertissent et nous surprennent grâce au talent de Claude Gagnière, qui sait dégoter les perles parmi les pataquès, barbarismes, contrepèteries et autres jeux de mots en tout genre qui peuplent notre langage.

Points, n° P2239